Christina Wolff
Die Magier von Paris

Christina Wolff

Mit Illustrationen von Max Meinzold

HUMMEL
BURG

Bibliografische Information der Deutschen Nationalbibliothek:
Die Deutsche Nationalbibliothek verzeichnet diese Publikation in der
Deutschen Nationalbibliografie. Detaillierte bibliografische Daten
sind im Internet auf www.dnb.d-nb.de abrufbar.

Für Roland

1 2 3 4 5 E D C B A

Originalausgabe
© 2020 Hummelburg Verlag
Imprint der Ravensburger Verlag GmbH
Cover- und Innenillustration: Max Meinzold
Typogestaltung: Max Meinzold

Alle Rechte dieser Ausgabe vorbehalten durch
Hummelburg Verlag
Imprint der Ravensburger Verlag GmbH
Postfach 2460
88194 Ravensburg

Printed in Germany
ISBN 978-3-7478-0015-7

www.hummelburg.de

Inhalt

Prolog 9

1. Kapitel,
in dem Claire einen magischen Brief erhält 13

2. Kapitel,
in dem es um das Geheimnis in der Gartenmauer geht
und Claire ihren Vater wiedertrifft 23

3. Kapitel,
in dem eine Verfolgungsjagd stattfindet
und jemand schrecklich unter Höhenangst leidet 31

4. Kapitel,
in dem die Polizei eingreifen muss
und ein magischer Regenbogen entsteht 41

5. Kapitel,

in dem jemand im Untergrund von Paris nach einer wichtigen
Zutat sucht und Claire sich einen Schlüssel besorgt   55

6. Kapitel,

in dem Claire Sterne sieht,
obwohl es noch gar nicht dunkel ist   67

7. Kapitel,

in dem der vierzehnte Juni immer mysteriöser wird   74

8. Kapitel,

in dem Rafael Claire von einem Verdacht erzählt   79

9. Kapitel,

in dem Monsieur Bonnet eine Aubergine gestohlen wird
und es am Ende ziemlich bunt wird   87

10. Kapitel,

in dem Fantin in Wackelpudding badet   100

11. Kapitel,

in dem Rafael erschrickt
und ein folgenschweres Missgeschick passiert   117

12. Kapitel,

in dem es um das Kleingedruckte geht   126

13. Kapitel,

in dem ein Zauberbuch verschwindet
und sich ein alter Wettstreit neu entzündet   133

14. Kapitel,

in dem Claire in Lebensgefahr gerät   145

15. Kapitel,

in dem die Zeit läuft
und Gargoll sich auf den Weg macht   161

16. Kapitel,

in dem Gargoll übel zugerichtet wird   178

17. Kapitel,

in dem das Chaos ausbricht   192

18. Kapitel,

in dem Rafael so einiges erfährt,
von dem er keine Ahnung hatte   206

19. Kapitel,

in dem eintritt, was alle befürchtet haben,
und es trotzdem ganz anders kommt   219

20. Kapitel,

in dem Tante Odette über ihren Schatten springt   230

Prolog

Felistin sah erstaunt zu den kleinen Papiertieren hinunter, die um seine Füße herumwuselten. Jemand hatte das gefaltete Papier mit einem Zauber zum Leben erweckt. Etwas kitzelte Felistin am Fußgelenk. Eine kleine papierne Giraffe schob von unten ihren Kopf in sein Hosenbein. Erschrocken machte er einen Satz zur Seite.

»Komm endlich rein und mach die Tür zu!«, forderte ihn der größere Junge mit den dicken braunen Locken auf.

Felistin gehorchte, blieb aber unsicher neben der Tür stehen.

»Ich bin Aristide«, sagte der Junge. »Aristide Delune. Und das ist Baltasar Belleson.« Er deutete auf den Jungen mit den Sommersprossen, der Felistin abschätzend musterte.

Es war das erste Mal, dass Felistin bei der Familie Delune zu Besuch war. Und er wünschte sich, seine Großmutter hätte ihn nicht mit hierher genommen. Er konnte die Jungen vom ersten Moment an nicht leiden. Sie hielten sich für etwas Besseres, das spürte er.

»Was sagt ihr zu meinem Zoo?«, fragte Aristide. »Das Zebra war besonders schwer. Ich musste den Zauber drei Mal ausführen, aber jetzt frisst es sogar Gras, wenn ich ihm welches hinhalte.«

Felistin schielte bewundernd zu dem kleinen Papierzebra, das gerade seinen Hals an einem Stuhlbein rieb. Baltasar schien weniger beeindruckt.

»Nette Spielerei«, sagte er nur. »Ich hab gestern die fleischfressende Pflanze von meinem Onkel Leo in einen Kakadu verwandelt. Das hättet ihr mal sehen sollen!«

Aristide hob einen winzigen Papier-Elefanten vom Fußboden auf und betrachtete ihn. «Und an was zauberst du gerade?«, fragte er Felistin.

»An nichts Bestimmtem«, murmelte der. Er wollte mit diesen beiden Angebern lieber nicht über seine Zauberei reden. Sie war ... anders als ihre. Tatsächlich zauberte er im Moment wenig. Er war vielmehr mit dem Sammeln von Zutaten für seine Zauberei beschäftigt. Aristide und Baltasar fänden das bestimmt merkwürdig, aber für Felistin war es sehr wichtig, das Einsammeln der Zutaten richtig zu beherrschen. Es war nicht einfach und konnte unter Umständen sogar gefährlich für ihn werden.

»Der wird doch von seiner Großmutter unterrichtet«, sagte Baltasar abfällig. »Und Papa meinte, die kann gar nicht richtig zaubern.«

Felistin spürte Wut in sich hochsteigen. »Sie kann mit Sicherheit besser zaubern als eure beiden Väter zusammen«, fuhr er Baltasar an. Schon im selben Moment bereute er, so giftig gewesen zu sein, doch es war zu spät. Baltasars Augen verengten sich zu zwei Schlitzen. »Ach ja? Was zaubert die denn so Tolles, deine Großmutter, hm?«

Felistins Wangen begannen zu glühen. Er hatte nicht gelogen. Seine Großmutter war eine brillante Magierin. Doch gerade jetzt wollte ihm ganz und gar nichts einfallen, um es den beiden zu beweisen.

»Sie … ähm, sie macht …«, stotterte er.

Baltasar setzte ein spöttisches Grinsen auf.

»Sie zaubert mit Gefüüühlen, seine Großmutter«, sagte er zu Aristide.

Vor Wut und weil er nicht wusste, was er antworten sollte, stiegen Tränen in Felistin auf. Er schluckte. Auf keinen Fall durfte er jetzt weinen. Doch Aristide hatte Felistins feuchte Augen bereits bemerkt und zeigte mit dem Finger auf ihn. »Der fängt gleich an zu heulen«, lachte er.

»Willst du jetzt mit deinen Tränen zaubern, oder was?«, fragte Baltasar. Und dann hielt Felistin es nicht mehr aus. Er stürzte aus dem Raum. Für einen kurzen Moment stand er auf dem Flur und wusste nicht wohin. Die Tränen liefen ihm über das Gesicht.

»Warum weinst du denn?«

Erschrocken blickte Felistin auf.

Da saß ein kleines Mädchen auf dem Schuhschrank und ließ die Beine baumeln.

»Ich wein gar nicht«, schniefte er.

»Klar weinst du.« Das Mädchen sprang vom Schrank hinunter. Ihre lockigen Zöpfe wippten auf und nieder.

»Beug dich mal runter, dann tröste ich dich«, forderte sie Felistin auf.

Verwirrt neigte er den Kopf zu ihr herunter.

Das Mädchen strich mit ihrer kleinen Hand über seine Wange.

»Armer schwarzer Kater«, flüsterte sie.

Noch nie hatte Felistin jemand über die Wange gestreichelt. Zumindest nicht, seit er sich erinnern konnte. Seine Eltern waren schon zu lange tot, und seine Großmutter berührte ihn niemals.

Felistin fand, dass es sich schön anfühlte. So warm und weich. Aus irgendeinem Grund musste er an Himbeeren im Sommer denken. Unwillkürlich schloss er seine Augen. Doch schon kurz darauf riss er sie erschrocken wieder auf. Was tat er hier eigentlich? »Scher dich weg!«, zischte er.

Er stieß die Kleine von sich und stürmte mit großen Schritten die Treppe hinunter.

1. Kapitel

in dem Claire einen magischen Brief erhält

Es ist elf Uhr fünfunddreißig an einem sonnigen Vormittag. Claire Delune biegt zu Fuß und mit klopfendem Herzen in die Pariser Rue Marrant ein. Ihr maigrüner Rollkoffer rumpelt laut über das Kopfsteinpflaster. Deswegen schreckt Monsieur Bonnet hoch, der in seiner Schneiderei über der Nähmaschine eingenickt ist. Er wirft einen übellaunigen Blick auf seine Taschenuhr. Mit spitzer Nase lugt er aus dem Fenster.

Als er das Mädchen mit dem roten Halstuch erblickt, pressen sich Monsieur Bonnets dünne Lippen aufeinander. Seine Augen treten nervös aus den Höhlen, und er sieht aus wie der Dackel von Madame Rossetti bei Gewitter. Aber natürlich weiß Monsieur Bonnet nicht, wie er gerade aussieht. Er kann auch gar nicht darüber nachdenken. Denn in seinem Kopf haben nur zwei kurze Worte Platz: *Oh nein!*

Wegen einer Geschichte, in der ein Heftpflaster, ein gelber Luftballon und eine Stecknadel wichtige Rollen spielen, freut Monsieur Bonnet sich überhaupt nicht, Claire zu sehen. Aber eigentlich freut Monsieur Bonnet sich niemals über irgendetwas. Deswegen ist sein Verhalten auch alles andere als verwunderlich.

Nachdem er den ersten Schrecken verdaut hat, kneift Monsieur Bonnet hinter seinen runden Brillengläsern die Augen zusammen. Er beobachtet, wie Claire auf der anderen Straßenseite vor dem Haus mit der Nummer 22 stehen bleibt. Ängstlich blickt sie an dem alten, mit Efeu berankten Backsteinhaus hinauf.

Von ihrer Angst bemerkt Monsieur Bonnet nichts. Er sieht nur Claires wirre braune Locken, ihre rosa Strumpfhosen und ihre gurkengrünen Lieblingsschuhe. Ärgerlich schüttelt er den Kopf. Welcher anständige Mensch, fragt er sich, trägt grüne Schuhe? Selbst wenn er noch ein Kind ist, so wie Claire?

Monsieur Bonnet trägt immer schwarze Schuhe, dazu passende schwarze Socken und einen grauen Anzug. Und hätte er einen Sohn, so würde der auch schwarze Schuhe tragen. Dazu passende schwarze Socken und einen grauen Anzug.

»Was treibt dieses sonderbare Mädchen denn schon hier?«, murmelt Monsieur Bonnet vor sich hin.

Soweit er weiß, besucht Claire seit ihrem neunten Geburtstag vor drei Jahren ein Internat, weit weg in der Stadt Avignon. Die Sommerferien beginnen erst in zweieinhalb Wochen. Deswegen sieht Monsieur Bonnet gar nicht ein, warum das Mädchen schon jetzt in der Rue Marrant auftauchen muss.

Den Grund für Claires verfrühte Abreise aus dem Internat wird er allerdings niemals erfahren. Und würde ihm jemand die Geschichte erzählen, würde er sie ohnehin nicht glauben. Dazu ist sie viel zu sonderbar und rätselhaft, und Monsieur Bonnet hat weder für Sonderbares noch für Rätselhaftes etwas übrig.

Gerade drückt Claire auf den Klingelknopf der Hausnummer 22. Sie wartet eine Weile, doch nichts regt sich. Dann kramt sie einen großen schwarzen Schlüssel aus ihrer Manteltasche hervor und steckt ihn ins Schloss. Kaum hat sie die Tür einen Spalt weit aufgedrückt, plärrt ihr auch schon eine schrille Stimme entgegen: »Wieso hat das denn so lange gedauert?«

Claire fährt zusammen. Eilig schlüpft sie mit ihrem Koffer ins Haus.

»Sag mal, spinnst du, Gabriel? Die Tür war offen. Es hätte dich jemand hören können.«

Suchend blickt Claire sich in der Diele nach dem Übeltäter um. Sie entdeckt ihn schließlich auf dem goldenen Kronleuchter unter der Decke. Zum Glück ist das Licht ausgeschaltet, sonst hätte sie ihn bestimmt übersehen. Geister sind bei Tageslicht schließlich fast unsichtbar. Aber in dem beinahe fensterlosen Flur kann Claire die bläulich schimmernde Gestalt gut erkennen.

Für einen Geist ist Gabriel nicht besonders groß. Wenn er die Arme und Beine ganz ausstreckt, ist er höchstens so lang wie das Nudelholz von Madame Bordelon aus der Bäckerei. Er hat viele blaue Sommersprossen, ein abstehendes Ohr und eine Stupsnase, die im Augenblick wütend zittert.

Gabriel ist nämlich böse auf Claire. Die letzten Tage haben ihm keinen besonderen Spaß gemacht. Er hatte nur Gesellschaft von einem dicken Zauberbuch und von Claires Tante Odette. Das Buch war so schlecht gelaunt wie nach sieben Tagen Regenwetter, weil niemand aus ihm gezaubert hat. Nur Unsinn hat es deshalb angestellt. Und Claires Tante Odette … nun, die kommt selten aus ihrem Zimmer heraus. Gabriel gibt Claire die Schuld an dem ganzen Schlamassel. Er starrt zur Decke und tut so, als wäre sie überhaupt nicht da.

»Gabriel, ich habe mich wirklich beeilt«, sagt Claire.

»Püh!«, macht der kleine Geist. »In der Zeit hätte ich locker bis nach Afrika fliegen können. Und da hätte ich mindestens zwanzig Krokodile verspeist.«

»Du kannst doch aber gar nichts essen«, sagt Claire.

Gabriel rollt wütend mit den Augen.

Claire grinst, weil das lustig aussieht. Aber sie will Gabriel nicht allzu sehr ärgern. Bevor er sich weiter aufregen kann, klappt sie schnell ihren Koffer auf und zieht ein kleines Päckchen hervor.

»Ich hab dir etwas mitgebracht.«

Claire bemerkt, wie Gabriel aus den Augenwinkeln zu ihr herunterschielt. Als er das bunte Geschenkpapier erblickt, wird er ganz kribbelig. Auffordernd wedelt Claire mit dem Päckchen herum. Und da zögert der kleine Geist nur noch einen winzigen Moment, bevor er sich in die Tiefe stürzt. Atemlos landet er auf Claires Schulter.

»Pack es aus, pack es aus!« Freudig klatscht er in die Hände, und Claire muss lachen. Wenn Geister in der Menschenwelt Dinge berühren könnten, hätte Gabriel das Papier schon längst in kleine Fetzen zerrissen. Langsam löst Claire das dicke rote Geschenkband.

»Ui!«, ruft Gabriel, als endlich eine DVD zum Vorschein kommt. »Da sind ja Krokodile drauf.«

»Das ist ein Film über Tiere in der afrikanischen Savanne«, sagt Claire. »Ich weiß doch, wie gern du Krokodile magst. Auch wenn du sie nicht essen kannst.«

Gabriel nickt begeistert. Er schwingt sich glucksend in die Luft und vollführt dort einen dreifachen Looping, sodass einem schon vom Zuschauen schlecht werden kann.

»Das Buch hat in der Zauberkammer übrigens eine Dornenhecke wachsen lassen. Wenn du zaubern willst, musst du dir erst eine Gartenschere besorgen«, sagt er. »Und Tante Odette hat einen neuen Frosch.«

Claire runzelt die Stirn. Nur für einen kurzen Moment hat sie vergessen, warum sie überhaupt hier ist. Leider ist es ganz und gar kein erfreulicher Grund, sondern einer, wegen dem in Claires Bauch schon seit Freitag ein schwerer Stein rumpelt.

»Um das Buch kümmere ich mich später«, sagt sie zu Gabriel. Ihr Blick wandert zu der großen dunkelbraunen Eichentür von Tante Odettes Zimmer hinüber.

Vorsichtig klopft Claire an.

»Herein!«, piepst es.

Claire folgt der Aufforderung, und unversehens sieht sie sich zwei tellergroßen Augen gegenüber. Tante Odette, die offenbar direkt hinter der Tür gelauert hat, trägt ihre Vergrößerungsbrille. Damit betrachtet sie gern ihre Frösche.

»Claire, Schätzchen!«, ruft sie aus. »Sind denn bereits Ferien?« Sie schaut verwirrt auf ihre Armbanduhr, obwohl sie an der ja auch nicht ablesen kann, wann die Ferien beginnen – selbst mit der dicken Brille nicht.

»Nein.« Claire gibt Tante Odette ein Küsschen auf die blasse Wange. »Ich bin wegen Papa hier. Er ist doch …«

Claire muss schlucken. Die Worte wollen ihr nicht über die Lippen. Sie muss kurz innehalten.

»Er ist doch … in der Mauer. Weißt du das denn nicht?«

»Waaas?«

Tante Odette reißt die Augen noch weiter auf. Mit der Vergrößerungsbrille sieht sie jetzt aus wie eine mutierte Stubenfliege.

»Wieso habe ich das denn nicht mitbekommen?«

Claire stellt sich ehrlich gesagt dieselbe Frage, doch ihre Tante ist vor Schreck ohnehin schon ganz aus dem Häuschen, da will Claire sie nicht noch mehr betrüben.

Verwirrt schüttelt Odette die grauen Locken und lässt sich in ihren Plüschsessel plumpsen. Claire hockt sich daneben und hält eine Weile ihre Hand.

»Weißt du, Claire«, sagt Tante Odette, und ihre Stimme klingt noch dünner als sonst, »vielleicht ist es ganz gut so. Auf der Welt passieren immer so furchtbare Dinge … Da hat dein Vater es in der Gartenmauer sicher besser.«

Claire ist anderer Meinung, doch sie nickt trotzdem, und bald stiehlt sich wieder ein Lächeln auf Odettes Gesicht.

»Ich habe einen neuen Frosch«, sagt sie stolz. Sie erhebt sich aus dem Sessel und trippelt zur Rückseite des Zimmers. Dort stehen unzählige Terrarien übereinandergestapelt. In den Glaskästen krabbeln Dutzende von Fröschen. Manche ruhen sich auf Steinhügeln aus, andere baden in kleinen Pfützen.

»Schau mal, ist der nicht putzig?« Odette deutet auf einen zitronengelben Frosch.

»Es ist ein *Phyllobates terribilis*. Ein schrecklicher Pfeilgiftfrosch. Er ist so giftig, dass man keine zwanzig Minuten überlebt, wenn man ihn einmal angefasst hat«, sagt sie fröhlich.

Claire weiß nicht recht, ob sie Lust hat, die Wohnung mit einem

Killerfrosch zu teilen. Doch weil Odette so überglücklich aussieht, sagt sie nichts.

Stattdessen erklärt sie, dass sie von der langen Fahrt im Zug furchtbar müde sei und erst einmal ihren Koffer auspacken möchte. Rückwärts schleicht sie aus dem Zimmer. Dabei lässt sie den gelben Frosch nicht aus den Augen.

Im Flur auf einer der Wandleuchten wartet Gabriel. Seitdem eine von den großen Kröten einmal durch ihn hindurchgehüpft ist, traut er sich nicht mehr in Odettes Zimmer.

»Sie hat einen Phylli… Phyllibites terribi… Dingsbums«, stammelt Claire. »Hättest du ihr das nicht ausreden können?«

»Wie denn?« Gabriel verschränkt die Arme vor der Brust. »Sie bestellt ihre Frösche im Internet. Und ich kann ja wohl kaum mit dem Paket zur Post gehen und es zurückschicken.«

»Stimmt.« Claire seufzt. Müde fasst sie nach dem Griff ihres Koffers. »Ich packe jetzt erst mal meine Sachen aus.«

Gabriel zieht verdutzt seine blauen Augenbrauen in die Höhe. »Willst du denn gar nicht zu Aristide in den Garten gehen?«

»Nein«, sagt Claire. »Das schaffe ich noch nicht. Erst brauche ich ein paar Minuten für mich allein.«

Kein Wunder, dass Claire sich ausruhen muss. Schließlich hat sie eine lange Reise hinter sich und einiges zu verarbeiten.

Ganz allein ist sie von Avignon mit dem Zug nach Paris gefahren. Und wie Monsieur Bonnet und Tante Odette bereits festgestellt haben, müsste sie eigentlich noch mindestens zwei Wochen in der Schule sein.

Vor drei Jahren, kurz nachdem Claires Mutter spurlos verschwunden war, hat ihr Vater sie auf das Internat von Madame Roux geschickt. Er hatte wenig Zeit, und ein kleiner blauer Geist und eine Tante Odette schienen ihm für Claires Erziehung wenig förderlich zu sein. Das Internat hatten außerdem schon einige der Delunes besucht. Auch Tante Odette war dort zur Schule gegangen, weil ihre Eltern eine ordentliche Schulbildung für ein Mädchen wichtiger fanden als eine Zauberlehre. Aristide sah das anders. Trotzdem entschied er sich dafür, Claire auf das Internat zu schicken.

Noch am letzten Freitag aß Claire wie gewöhnlich in der großen Halle von Madame Roux' Schule zu Mittag. Es gab Flammkuchen. Den mag sie besonders gern.

Als die Halle sich langsam leerte, weil die Mädchen in ihre Aufenthaltsräume strömten, sah Claire aus den Augenwinkeln etwas aufblitzen: Es war ein Briefumschlag. Ein Briefumschlag mit drei spitzen Ecken. Er schwebte direkt über dem Büfetttisch für den Salat und schimmerte eiswasserblau.

Mit schnellen Schritten durchquerte Claire den Raum. Sie pflückte den Brief aus der Luft, bevor ihn noch jemand anders entdecken konnte. In Madame Roux' Internat ist es nämlich ganz und gar nicht üblich, dass Briefe in der Luft herumschweben. Im Gegensatz zur Rue Marrant Nummer 22, in der Claire zu Hause ist, geht es bei Madame Roux mit rechten Dingen zu.

Auf der Vorderseite trug der Brief ein Siegel aus blauem Wachs: zwei Sterne, eingerahmt von einem Halbmond. Das Wappen der Familie Delune. Der Halbmond steht für den Mondstein der Familie, der große Stern für den Zauberlehrer, der kleine bildet seinen Lehrling ab.

Nervös riss Claire den Umschlag auf und zog den Brief heraus. Liebe Claire, stand dort …

Liebe Claire,
du musst so schnell wie möglich deinen Koffer packen und nach Hause kommen. Ab jetzt können wir uns nur noch an der Gartenmauer treffen. Du weißt schon, warum …
Ich habe an Madame Roux bereits einen Brief geschrieben. Er müsste morgen eintreffen. Kümmere dich gut um Tante Odette, um Gabriel und vor allen Dingen um das Zauberbuch. In der letzten Zeit steckt es mit seiner schlechten Laune sogar die Tapeten an. Die in meinem Schlafzimmer haben sich schon ganz dunkel verfärbt.
Gute Reise und pass auf dich auf!
Es umarmt dich fest
dein Vater Aristide

Als Claire den Brief sinken ließ, schwammen ihre Augen in Tränen. Ohne eines der vorbeieilenden Mädchen oder den fluchenden Deutschlehrer Monsieur Monette im Treppenhaus zu bemerken, schlich sie in ihr Zimmer hinauf. Sie zog den maigrünen Rollkoffer unter ihrem Bett hervor und begann zu packen.

»La Paloma Oheeee!
Einmal wird es vorbeiiii sein.
Einmal holt uns die See,
und das Meer gibt keinen von uns
zurüüüüück!«

Gabriel ist schrecklich langweilig. Er fliegt im Flur herum und schmettert alte Seefahrerlieder.

Claire liegt in ihrem Zimmer auf dem Bett und schnarcht leise.

»… eine Seefahrt, die ist lustig, eine Seefahrt, die ist schöööön …«

Langsam macht Claire ein Auge auf. Sie erhebt sich, schlurft durchs Zimmer und öffnet die Tür.

»Wir sind hier aber nicht auf hoher See«, murmelt sie.

Gabriel schlägt sich stolz mit der Faust auf die Brust.

»Ein wahrer Seemann trägt das Meer in seinem Herzen«, sagt er.

»Na, du musst es ja wissen.« Claire gähnt. Sie tapert barfuß in die Küche – mit dem johlenden Klabautergeist im Schlepptau. Immer noch schläfrig macht sie sich eine Tasse heißen Kakao. Die geblümte Zuckerdose ist wie immer störrisch. Erst als Claire ihr den dicken runden Bauch krault, lässt sie sich öffnen.

Eine Weile rührt Claire nachdenklich in ihrer Tasse herum. Alle paar Sekunden wirft sie einen gequälten Blick durch das Fenster in den Garten.

»Jetzt geh schon hinaus«, sagt Gabriel. »Irgendwann musst du es ja hinter dich bringen.«

Claire nickt. Mit kleinen Schlucken trinkt sie ihren Kakao. Dann stellt sie die Tasse in das Spülbecken und wartet. Doch nichts geschieht. Als ihr einfällt, dass Aristides Aufräumzauber nun gar nicht mehr wirken kann, wird Claire traurig. Seufzend spült sie ihre Tasse selbst ab. Danach wendet sie sich entschlossen zur Terrassentür. *Wir treffen uns an der Gartenmauer,* hat ihr Vater geschrieben. Und genau dort würde sie nun hingehen.

2. Kapitel

*in dem es um das Geheimnis in der Gartenmauer geht
und Claire ihren Vater wiedertrifft*

Claire öffnet die Terrassentür und tritt nach draußen. Sie ist nervös. So nervös, dass ihr das Herz in der Brust herumflattert.

Ängstlich blickt sie zu der Mauer, die den Garten begrenzt. Schon nachdem sie nur ein paar Schritte über die Terrasse getan hat, gerät die Mauer in Bewegung. Die rostbraunen Backsteine beginnen, sich schabend um sich selbst zu drehen. Immer schneller und schneller rotieren sie, und dann wachsen plötzlich hier ein Bart, dort eine Brille und am Ende sogar ein paar Nasen und Segelohren aus dem Mauerwerk hervor. Als die Steine endlich zur Ruhe kommen, schauen vier steinerne Gesichter in den Garten. Neugierig mustern sie das Mädchen mit den braunen Locken, das vor Aufregung kein Wort herausbringt.

Ururgroßvater Leopold mit dem langen Rauschebart, ganz links in der Mauer, ergreift als Erster das Wort:

»Haatschiii!« Für einen Moment ist sein Gesicht hinter einer dichten Wolke aus Steinstaub verborgen.

»Na, wenn das keine Überraschung ist«, sagt er, als die Wolke sich lichtet.

23

»Aber das ist doch keine Überraschung, Leopold«, sagt Großvater Nikolas, brummig wie immer.

»Wie bitte?«, fragt Leopold. Leider hört er schlecht. Beinahe so schlecht wie ein Regenwurm.

»KEINE ÜBERRASCHUNG!«, brüllt Nikolas deswegen. »Wir haben dir doch gesagt, dass Claire früher kommen wird. Wegen Aristide.«

»Wie bitte?«, fragt Leopold wieder.

Großvater Nikolas verdreht die Augen, und Urgroßvater Septimus mit den dicken Pausbacken ergreift das Wort: »Herzlich willkommen, Claire! Es ist so schön, dich zu sehen.«

Claire schenkt ihm ein kurzes Lächeln. Septimus war schon immer der höflichste unter ihren Vorfahren. Dann wendet sie sich zur Seite, dem vierten Gesicht in der Mauer zu. Einem Gesicht, das sie bis jetzt noch nie dort gesehen hat.

»Hallo Papa«, sagt sie leise.

Sie fühlt sich schrecklich traurig. Auch wenn ihr Vater in Stein eigentlich gar nicht so viel anders aussieht als sonst. Er hat immer noch die Grübchen in den Wangen, und seine lockigen Haare sind strubbelig wie bei einem zerstreuten Professor.

Doch natürlich ist es etwas anderes, seinem Vater als Steingesicht in einer Mauer zu begegnen, als ihn am Frühstückstisch zu treffen. Er wird Claire nie wieder in den Arm nehmen können, und ihre Zauberübungen wird sie zukünftig ganz allein machen müssen. Durch Claires Kopf rasen tausend Gedanken: Erst ihre Mutter und nun auch noch ihr Vater. Wie soll sie das alles allein bloß schaffen? Für einen kurzen Moment kämpft Claire mit den

Tränen. Zum Glück bemerkt ihr Vater nichts davon. Er blinzelt, als wäre er eben erst aufgewacht.

»Da bist du ja«, begrüßt er Claire. Er spricht noch etwas langsam, und seine Worte klingen, als steckten sie in einem verrosteten Uhrwerk fest. Jetzt schneidet er ein paar Grimassen, wohl um sein neues Gesicht auszuprobieren.

»Ich muss sagen, bis auf das leichte Kribbeln in den Ohrläppchen und den Schmerz im Backenzahn fühlt sich dieser Kopf nicht übel an«, bemerkt er.

»Die Zahnschmerzen hattest du doch schon vorher.« Claire blickt ihren Vater tadelnd an. »Ich hab dir schon vor drei Wochen am Telefon gesagt, du sollst zum Zahnarzt gehen. Oder dir zumindest einen Zauber dagegen suchen.«

»Fluchen?«, fragt Leopold empört. »Wer wird denn fluchen?«

»SUCHEN!«, brüllt Claire. »Warum hast du mir eigentlich nichts davon gesagt, dass du so krank warst?«, fragt sie ihren Vater. Sie kann nicht verhindern, dass es sich vorwurfsvoll anhört.

»Madame Roux hätte mich doch bestimmt früher beurlaubt. Dann hätten wir uns noch einmal sehen können, bevor du … na ja, du weißt schon … bevor du gestorben bist.«

»Aber Schätzchen, ich war doch gar nicht krank«, sagt Aristide und schaut kurz verlegen. »Ich bin einhundertsechsunddreißig. Da kann so etwas schon mal passieren.« Er lacht. Laut und polternd. Dabei quellen kleine Staubwölkchen aus seinem Mund.

»Außerdem bist du doch *jetzt* da«, sagt er. »Und in meinem Brief an Madame Roux habe ich geschrieben, dass du nun hier in Paris zur Schule gehen wirst. Tante Odette kann dich anmelden. Was sagst du dazu?«

Alle Augen richten sich auf Claire. Nur Leopold schaut verträumt auf ein kleines Butterblümchen – wahrscheinlich hat er wieder einmal nicht verstanden, worum es geht.

»Natürlich bleibe ich«, sagt Claire. »Einer muss sich schließlich um das Buch kümmern. Tante Odette und Gabriel kann ich damit doch nicht allein lassen.«

»Wie bitte?«, fragt Leopold.

»ICH BLEIBE!«, brüllt Claire. Sie schaut ihren Vater an. »Ich wollte ja auch gar nicht auf das Internat. Du wolltest das.«

»Ich habe nur versucht, das Beste für dich zu tun«, rechtfertigt sich Aristide, klingt aber ein wenig kleinlaut.

»Mag sein.« Claire beschließt, das Thema nicht weiter zu vertiefen. »Das Gute ist, dass du mich ab jetzt wieder viel besser unterrichten kannst. Im Internat konnte ich gar nicht richtig üben, weil ich ständig Angst haben musste, erwischt zu werden.« Sie stemmt ihre Hände in die Hüften. »Deine Abschriften vom Zauberbuch sind übrigens kaum zu lesen. Du hast wirklich eine Sauklaue!«

»Das stimmt«, pflichtet Großvater Nikolas ihr bei. »Die Weihnachtswunschzettel von Aristide hatte ich immer erst an Ostern entziffert.« Er prustet los. Auch Urgroßvater Septimus' dickes Doppelkinn zittert vor Lachen, und Ururgroßvater Leopold kichert mit, obwohl er bestimmt wieder nur die Hälfte verstanden hat.

Nur Aristide blickt trübsinnig drein.

»Ich weiß, Claire, deine Zauberausbildung ist in den letzten Jahren viel zu kurz gekommen«, seufzt er. »Ich wünschte, deine Mutter wäre nicht auf diese Expedition gegangen …«

»Bahnstation?«, fragt Ururgroßvater Leopold.

»EXPEDITION!«, brüllt Septimus.

Für einen Moment sagt niemand etwas.

»Und, wie ist es so?«, fragt Claire ihren Vater nach einer Weile.

Sie erntet einen verständnislosen Blick.

»In der Mauer«, sagt sie. »Ist es so, wie du es dir vorgestellt hast?«

Aristide spitzt nachdenklich die Lippen.

»Nein, eigentlich nicht.«

»Erzähl's mir«, fordert Claire.

Natürlich ist sie neugierig. Aus den anderen Verwandten hat sie nie etwas Brauchbares über das Dasein in der Mauer herauskitzeln können, geschweige denn darüber, warum alle Ahnen nach ihrem Tod dort hineingeraten.

Bereits seit Jahrhunderten ist es ein großes Geheimnis, warum die Zauberer der Familie Delune nach ihrem Tod in die Gartenmauer der Rue Marrant einziehen.

Einerseits findet Claire es sehr schön und praktisch, ihre Vorfahren im Garten besuchen zu können. Doch manchmal fragt sie sich, ob es die Verwandten im Himmel – oder wo immer auch sonst andere Menschen nach ihrem Tod hingehen – nicht doch schöner hätten.

Zum Glück sieht Aristide aber gar nicht unzufrieden aus. Als er jetzt versucht, Claire sein neues Leben zu beschreiben, breitet sich sogar ein träumerisches Lächeln auf seinem Gesicht aus.

»Es ist … als ob du in ein frisches Eclair hineinbeißt«, sagt er. »Erst hörst du das Knacken der Schokolade, dann beißt du dich durch den Teig und am Ende schmeckst du die fluffigste Vanillefüllung, die du dir vorstellen kannst.«

Jetzt ist Claire genauso schlau wie vorher. Sie weiß immer noch nicht, wie sich das Leben in der Mauer anfühlt. Vermutlich wird sie es erst erfahren, wenn sie selbst hineingerät, und das wird hoffentlich noch eine ganze Weile dauern.

Der alte Monsieur kämpft sich schnaufend die Treppe hinauf. Er ist groß, fast riesig und hat einen spiegelnden Glatzkopf. In jeder seiner Pranken trägt er einen Koffer. Endlich erreicht er die Wohnungstür. Drinnen in der geräumigen Stube befördert er einen Koffer unter das Sofa. Den anderen hebt er so vorsichtig wie ein Porzellanei auf den Tisch. Er lässt die Schlösser aufspringen und sieht beinahe liebevoll auf die kleinen grauen Kästchen, die sich in dem Koffer befinden.

Ganze sechs Wochen lang hat es diesmal gedauert, sie zu füllen, und es war nicht einfach: Er wurde von einem Pudel gebissen, zweimal von der Polizei gejagt und einmal sogar von einer alten Madame mit der Handtasche verprügelt.

Insgesamt sind es nun aber bereits sechsundsiebzig Zutaten, die der Alte in den vergangenen drei Jahren zusammengetragen hat. Nur eine einzige fehlt ihm noch. Die würde er in den nächsten Tagen besorgen, und dann … dann konnte er endlich beginnen.

Der Glatzkopf atmet zufrieden aus. Ihm fällt ein, dass er natürlich auch das Bild noch stehlen muss, denn ohne das Gemälde wären die ganzen Zauberzutaten schließlich unnütz. Doch zum

Glück würde der Diebstahl nur eine Kleinigkeit für ihn sein: Die lächerlichen Sicherheitsmaßnahmen des Museums bedeuteten für einen so großartigen Magier wie ihn kein Hindernis.

»Deprime!«, ruft er. »Deprime, miez, miez!«

Er macht sich auf die Suche nach seiner Katze.

Die dicke Deprime hat in den letzten Wochen ihre Mäuse selbst fangen müssen, und damit war sie ganz und gar nicht einverstanden gewesen. Die kleinen Biester stellten sich nämlich als sehr flink heraus. Und weil Deprime alles andere als schnell ist, musste sie sich hier und da mit einem Frosch oder ein paar Schaben begnügen. Deshalb lässt die Katzendame den Glatzkopf jetzt noch ein Weilchen zappeln, bevor sie aus ihrem Versteck unter der Kommode hervorkriecht.

Der Alte freut sich mächtig, als er sie erblickt. Er hebt sie in die Höhe und dreht sich mit ihr im Kreis herum. Das gefällt Deprime ebenso wenig wie das Mäusefangen. Und sie findet es auch ziemlich ungewöhnlich. Sonst ist der Alte nämlich meist angenehm schlecht gelaunt.

»Deprime, bald zeigen wir es ihnen«, verspricht der Glatzkopf. »Bald werde ich der Mächtigste von allen sein.« Seine Augen flackern erwartungsfroh.

Deprime maunzt leise, aber nur aus Höflichkeit. Die merkwürdigen Sachen, die der Alte mit den grauen Kästchen anstellt, sind ihr schnurzpiepegal. Hauptsache, sie muss nie wieder Schaben essen. Doch wenn sie es richtig versteht, würde der Alte nun nicht mehr verreisen.

Die mageren Zeiten sind endlich vorbei.

3. Kapitel

in dem eine Verfolgungsjagd stattfindet
und jemand schrecklich unter Höhenangst leidet

Am nächsten Tag hat Claire viel zu tun. So viel, dass sie nicht einmal dazu kommt, ihrem Vater in der Mauer einen weiteren Besuch abzustatten.

Zunächst besorgt sie sich in der Eisenwarenhandlung eine Gartenschere. Damit will sie der Dornenhecke zu Leibe rücken, die wegen des Zauberbuchs in der Zauberkammer wächst. Leider hat das Buch noch immer furchtbar schlechte Laune. Als Claire die Tür öffnet und den ersten Ast abzwicken will, bricht im Zimmer ein gewaltiger Sandsturm los. Nach wenigen Sekunden hat Claire bereits Hände voll Sand in den Haaren, in der Nase und zwischen den Zähnen.

Gabriel sitzt mit übereinandergeschlagenen Beinen auf der Kommode im Flur. Er gluckst, als Claire eingepudert wie eine Mehlkugel aus dem Zimmer gerannt kommt.

»Steck doch nicht gleich den Kopf in den Sand.«

Er schlägt sich amüsiert mit den Händen auf seine dünnen Beinchen.

»Mach's doch besser!«, zischt Claire.

Aber sie weiß selbst, dass das nicht geht. Auf keinen Fall jedoch will sie das Buch gewinnen lassen. Also holt sie ihre Taucherbrille, eine Nasenklammer und einen Mundschutz aus ihrem Zimmer und stürzt sich mit neuem Eifer auf die Dornenhecke. Diesmal geht es besser. Doch als sie schon die Hälfte der Äste zurückgeschnitten hat, ebbt der Sandsturm plötzlich ab, und es fängt an zu regnen. Dicke Tropfen fallen aus der Decke und klatschen auf den Holzfußboden. Sie prasseln auf Aristides Klavier. Zweimal zucken sogar Blitze herab. Claire kann jedes Mal noch gerade so zur Seite springen.

Selbst Tante Odette kommt wegen des Lärms aus ihrem Zimmer gestiefelt. Aber als sie sieht, was los ist, flüchtet sie schnell in die Küche. Sie kocht sich einen Tee und nimmt sich die beiden letzten Schokoladenkekse aus der Dose. Damit verzieht sie sich wieder zu ihren Fröschen.

Claire kämpft sich Zentimeter um Zentimeter weiter vor. Irgendwann hat sie die Arbeit dann tatsächlich geschafft. Sie verpackt die klein geschnittenen Äste in Jutebeutel und trägt sie in den Garten.

Ururgroßvater Leopold steckt kurz den Kopf aus der Mauer. Claire versucht, ihm die Geschichte mit dem Sandsturm zu erzählen, aber als er fragt: »Bandwurm? Welcher Bandwurm?«, schüttelt sie nur den Kopf. Sie hat jetzt keine Zeit, das aufzuklären. Schließlich muss sie noch den Boden in der Zauberkammer wischen. Zunächst poliert sie aber den Einband des Zauberbuchs. Sie verspricht, ab jetzt jeden Tag ein bisschen zu zaubern. Das scheint dem Buch gut zu gefallen. Claire findet, dass es schon viel weniger mürrisch aussieht, auch wenn man das natürlich schlecht sagen kann: So ein Zauberbuch hat schließlich kein Gesicht.

Schnell erneuert sie noch Aristides Aufräumzauber und danach klappt sie das Buch zu. Sie macht sich auf den Weg zur Besenkammer, doch plötzlich bleibt sie wie angewurzelt stehen. Da huscht eine kleine braune Maus über den Flur!

Das allein wäre noch nichts allzu Ungewöhnliches. Zwar möchte niemand Mäuse in der Wohnung, aber hin und wieder passiert es eben doch. Viel seltsamer aber ist, dass die Maus einen flatternden roten Seidenschal trägt und eine kleine schwarze Baskenmütze.

Claire blinzelt, und dann ist das Tier auch schon verschwunden. Bestimmt hat sie es sich nur eingebildet. Vielleicht waren die letzten Tage doch ein wenig zu anstrengend.

Claire beschließt, auf den Schreck eine Tasse heißen Kakao zu trinken. Gemeinsam mit Gabriel pflanzt sie sich auf die hellblauen Cordsessel in ihrem Zimmer, und durch das Fenster schauen sie den Leuten auf der Straße zu. Claire verdrückt eine ganze Tafel Nussschokolade, und Gabriel redet beruhigend auf sie ein: »Eine Maus mit Mütze und Schal … das ist doch gar nichts«, protzt er. »Ich hab letzte Woche eine Warze auf einem Motorrad gesehen.«

Claire muss lachen. »Eine Warze?«

»Ja, die von Monsieur Fabre.«

»Ah, dann weiß ich, welche!«, ruft Claire. »Die dicke auf seinem Kinn. Die mit dem langen schwarzen Haar obendrauf.«

Gabriel hat es geschafft. Claire stellt sich die Warze von Monsieur Fabre auf einem Motorrad vor und denkt gar nicht mehr an die sonderbare Maus.

»Schau mal, da ist Monsieur Bonnet.« Gabriel zieht seine blaue Nase kraus. Er kann den Schneider nicht ausstehen.

Sie beobachten, wie Monsieur Bonnet mit einem grauen Einkaufsbeutel über dem Arm auf den Gemüsestand von Monsieur Dubois zueilt.

»Mal sehen, was er kauft«, sagt Gabriel. »Bestimmt nur langweiliges Gemüse.«

»Was ist denn langweiliges Gemüse?«, will Claire wissen.

»Brokkoli, Blumenkohl, Auberginen und Karotten«, sagt Gabriel, als wäre es das Selbstverständlichste der Welt.

»Und was ist dann interessantes Gemüse?«

»Mangold, Artischocke, Pastinake und Sellerie«, antwortet Gabriel wie aus der Pistole geschossen.

Monsieur Bonnet legt einen Blumenkohl und zwei Auberginen in seine Einkaufstasche.

»Sag ich doch.« Gabriel schüttelt abfällig sein kleines Köpfchen. Aber dann wird er auf einmal ganz aufgeregt.

»Schau mal, da ist der Junge wieder.«

Er schwebt vom Sessel auf und näher an das Fenster heran. Gut, dass es draußen so hell ist, sonst könnten die Leute auf der Straße ihn jetzt bestimmt sehen.

»Welcher Junge?« Claire blickt suchend umher, und dann meint sie, den Jungen zu sehen, wegen dem Gabriel plötzlich so unruhig ist. Er ist dünn, hat ein blasses Gesicht, strubbelige schwarze Haare und trägt einen Geigenkasten auf dem Rücken. Gerade bummelt er am Blumenladen von Madame Vipond vorbei.

»Den hab ich hier schon zwei Mal gesehen. Kurz nachdem das

mit Aristide passiert ist«, sagt Gabriel. »Ich glaube, der beobachtet uns.«

Claire wirft dem kleinen Geist einen zweifelnden Blick zu. Sie glaubt, dass die Fantasie mal wieder ordentlich mit ihm durchgeht.

Ein bisschen seltsam findet sie den Jungen allerdings auch. Der bleibt immer wieder stehen, und tatsächlich sieht es so aus, als würde er zu ihrem Haus herüberlinsen. Jetzt bückt er sich nach seinem Schuh und nestelt daran herum.

»Komm vom Fenster weg«, fordert Claire Gabriel auf. »Am Ende sieht er dich noch.« Sie zieht die weiße Lochgardine zu und beobachtet dort hindurch weiter, wie der Junge vor dem Zeitungskiosk von Monsieur Bellamy stehen bleibt. Er scheint die Auslage mit den Zeitschriften zu betrachten, doch Claire sieht ganz genau, dass sein Blick immer wieder zu ihrem Haus herüberwandert.

»Den guck ich mir mal genauer an«, murmelt sie. Und schon saust sie in die Diele hinaus.

Gabriel schwebt hinterher.

Jetzt wünscht er sich, er hätte seinen Mund gehalten.

»Geh lieber nicht. Der könnte ein Verbrecher sein«, warnt er. »Oder ein Mörder. Oder beides!«

»Der ist höchstens dreizehn. Was für eine Art Verbrecher soll das denn bitte schön sein?«

Bevor Gabriel sich weitere Schauermärchen ausdenken kann, schlüpft Claire aus dem Haus. Draußen entdeckt sie den Jungen vor dem Bistro von Madame Rossetti. So unauffällig wie möglich schlendert sie auf ihn zu. Und dann, als sie ungefähr auf Höhe der Wäscherei angelangt ist, bemerkt der Junge sie plötzlich. Seine Reaktion ist mehr als sonderbar. Er starrt Claire mit billiardkugelrunden Augen an. Ganz so, als würde er gerade einer Warze auf einem Motorrad begegnen. Dann wendet er sich ruckartig ab.

Von seinem Verhalten verunsichert, schwenkt Claire hinter eine Litfaßsäule. Dort harrt sie einen Augenblick aus.

Es machte fast den Eindruck, als hätte der Junge sie erkannt. Und als hätte er sich vor ihr erschrocken. Dabei sind sie sich, soweit Claire weiß, noch nie begegnet. Sie forscht in ihrem Kopf nach irgendeiner Erinnerung, doch da ist nichts. Wenn sie herausfinden will, warum der Junge sich so seltsam aufführt, wird sie ihn wohl oder übel ansprechen müssen.

Entschlossen springt sie hinter der Litfaßsäule hervor, doch der Bordstein vor dem Bistro ist leer. Von dem Jungen keine Spur mehr. Claire sucht mit den Augen die Straße ab. Die Wäscherei, der Zeitungskiosk, der Blumenladen … nichts. Zwei Mal läuft sie die Straße auf und ab, vom Gemüsestand bis zum Bistro, doch der Junge bleibt verschwunden. Claire ärgert sich. Sie hat einfach zu lange gewartet.

Enttäuscht beschließt sie, wenigstens ein paar Einkäufe zu erledigen, da sie ohnehin schon unterwegs ist. Dafür biegt sie in die nächste Seitenstraße ein.

Während sie ein Baguette kauft, entdeckt Claire in der Auslage der Bäckerei noch ein paar leckere Küchlein mit Puddingfüllung. Madame Martel packt sie zusammen mit dem Brot in eine große Papiertüte. Damit unter dem Arm verlässt Claire das Geschäft.

Doch auf dem Rückweg zur Rue Marrant bemerkt sie aus den Augenwinkeln einen dunklen Punkt, der schnell hinter einer Hausecke verschwindet. Zunächst geht Claire einfach weiter. Aber vor der Litfaßsäule bleibt sie erneut stehen und tut so, als würde sie ein Plakat betrachten. Dabei lässt sie ihren Blick vorsichtig die Straße hinabgleiten.

Da. Ein Schatten. Er lugt hinter einer Mülltonne hervor.

Und es sieht ganz nach einem schwarzen Haarschopf aus.

Claire hat keinerlei Erfahrung damit, verfolgt zu werden. Sie weiß nicht, wie man sich in einem solchen Fall verhält. Einer Eingebung folgend, läuft sie an ihrem Haus vorbei und eine der schmalen steinernen Freitreppen hinauf, von denen es in ihrem Stadtviertel Dutzende gibt. Oben angelangt nimmt sie eine weitere Treppe und noch eine. Irgendwann kommt sie auf der Aussichtsplattform vor der Kirche *Sacré-Cœur* an. Hier tummeln sich wie immer Massen von Touristen. Das verschafft Claire zumindest ein sicheres Gefühl. Auf so einem öffentlichen Platz konnte der Junge ihr schließlich nichts tun, falls Gabriel mit seinen Schauergeschichten doch richtig lag.

Claire geht hinter dem Geländer der breiten Eingangstreppe der Kirche in die Hocke und wartet. Es dauert eine Weile, doch dann betritt der Junge tatsächlich den Platz. Er blickt sich suchend um. Claire läuft es in ihrem Versteck kalt den Rücken hinunter, als ihr einfällt, dass er gerade nach ihr Ausschau hält. Kurz erwägt sie, den Jungen nun endlich zu stellen, verwirft den Gedanken jedoch gleich wieder. Sie vermutet, dass er dann einfach fortlaufen würde. Und irgendwie beginnt die Sache auch langsam, Claire Spaß zu machen. Sie fühlt sich wie in einem Spionagekrimi.

Langsam richtet sie sich in ihrem Versteck auf und schlendert dann über den großen Kirchplatz. Eine Weile tut sie so, als würde sie den Ausblick auf Paris genießen. Dann läuft sie scheinbar kurz entschlossen die Treppen ins Stadtviertel hinunter und schließlich zur Metrostation. Dort steigt sie in die erste U-Bahn, die heranrollt. Auf dem Bahnsteig fällt der Junge ihr nicht auf. Zunächst denkt sie schon, sie habe ihn abgehängt. Doch während der Fahrt entdeckt sie seinen schwarzen Schopf im hinteren Waggon.

Claire steigt zwei Mal um. Sie ist froh, dass sie die Puddingtörtchen und das Baguette dabei hat. Eigentlich ist nämlich längst Mittagszeit.

Nach fünf weiteren Stationen verlässt sie die U-Bahn. Sie saust über den Place du Trocadéro zwischen den zwei Palastgebäuden hindurch, durch den angrenzenden Garten mit den Springbrunnen und über die Brücke der Seine. Dann reiht sie sich schließlich in der Schlange vor einem kleinen braunen Kassenhäuschen ein.

Rafael atmet keuchend aus. Er ist völlig aus der Puste. Erst die ganze Treppenrennerei in Montmartre und jetzt auch noch dieses Versteckspiel im Garten des Trocadéro. Ständig musste er hinter irgendwelche Mülltonnen springen – aus Angst, das Mädchen könne ihn entdecken.

Jetzt steht sie vor dem Kassenschalter des Eiffelturms und will offensichtlich eine Eintrittskarte kaufen, was Rafael überhaupt nicht versteht. Diese Claire ist schließlich keine Touristin.

Er überlegt, ob sie sich vielleicht oben im Turmrestaurant mit jemandem treffen will. Das wäre dann bestimmt eine wichtige Information für seinen Vater.

»Finde heraus, was das Mädchen in Paris will«, hat er Rafael aufgetragen und hinzugefügt: »Bei den Delunes ist etwas so faul wie fünfzig Jahre alte Eier. Da bin ich mir sicher.«

Widerwillig stellt Rafael sich ebenfalls an dem Schalter an. Zum Glück macht sich zwischen ihm und Claire eine bestimmt zwölfköpfige amerikanische Reisegruppe breit. Ein paar kleiderschrankbreite Rücken und einige dicke Bäuche verdecken Rafael so gut, dass er keine weitere Tarnung benötigt.

Gerade erhält Claire ihre Eintrittskarte. Doch statt zum Fahrstuhl zu laufen, wie Rafael es vermutet hat, steuert sie auf den Treppenaufgang zu. Sofort wird ihm mulmig zumute. Er stellt sich den Aufstieg über die vielen metallenen Stufen an der Außenseite des Turms nur vor, und schon dreht sich ihm der Magen um.

Seit Rafael als Vierjähriger von einem Kamel gefallen ist, hat er schreckliche Höhenangst. Dabei weiß er bis heute nicht, wie er überhaupt auf das Kamel hinaufgelangt ist und was das Tier in seinem Zimmer zu suchen hatte. Was er allerdings genau weiß, ist, dass sein Vater von ihm verlangen würde, Claire über die Treppenstufen zu folgen. Leider weiß er aber auch, dass er das nicht schaffen wird. Seine Handflächen sind vor Angst schon jetzt schweißnass. Links und rechts der Treppe und zwischen den Stufen ist für seinen Geschmack viel zu viel freier Raum.

Natürlich kennt er einen Zauber gegen Höhenangst. Er hat ihn schon häufig angewendet. Doch erstens ist der schrecklich kompliziert, und zweitens könnte er ihn hier vor allen Leuten ohnehin nicht ausführen. Das wäre viel zu auffällig.

Rafael beschließt also, mit dem Aufzug hinaufzufahren. Auch das wird er vermutlich nur mit Herzklopfen schaffen. Er kann nur hoffen, dass er Claire oben auf dem Turm unter all den vielen Touristen wiederfindet.

4. Kapitel

in dem die Polizei eingreifen muss
und ein magischer Regenbogen entsteht

Auf der genau zweihundertundsechsundsechzigsten Stufe hält Claire schnaufend inne. Sie presst sich an das vergitterte Geländer und versucht, die bereits unter ihr liegenden Treppen zu überblicken. Ganz gelingt ihr das nicht. Schließlich kann Claire nicht um die Ecke sehen. Zumindest nicht ohne Zauberei. Trotzdem ist sie ziemlich sicher, dass der Junge ihr nicht mehr folgt. Das hat sie im Gefühl.

Kurz überlegt sie, einfach wieder hinabzusteigen, denn ohne einen Schatten macht der Ausflug keinen großen Spaß mehr. Zumal Claire den Eiffelturm bereits Dutzende Male erklommen hat. Das ist nichts Neues für sie.

Sie rechnet aus, dass es noch genau achtundneunzig Stufen bis zur ersten Etage sind. Dreihundertvierundsechzig Stufen insgesamt. Das hat sie bei einem ihrer letzten Aufstiege nachgezählt. Und da achtundneunzig Stufen nun wirklich nicht mehr viel sind, bringt Claire diese auch noch hinter sich.

Etwas atemlos kommt sie auf der Aussichtsplattform an und schaut zum zweiten Mal an diesem Tag über Paris. Die Schiffe, die auf der Seine schaukeln, sehen von hier oben aus wie kleine Spielzeugboote. Das gefällt Claire. Sie verputzt das letzte Puddingtörtchen und verspürt danach einen ziemlichen Durst. Bevor sie den Heimweg antritt, will sie im Turmrestaurant noch eine Limonade trinken.

Kurz denkt Claire an Gabriel. Bestimmt macht er sich jetzt bereits schreckliche Sorgen. Oder er ist stinksauer. Eins von beidem. Auf jeden Fall würde sie sich nachher wohl eine ordentliche Standpauke von ihm anhören müssen.

Als Claire die Eingangstür des Restaurants aufstößt, schieben sich zwei Polizisten in blauen Uniformen an ihr vorbei. Sie haben es offensichtlich sehr eilig.

Das weckt Claires Neugier. Und nicht nur ihre. Blitzschnell sammeln sich einige Schaulustige. Gemeinsam mit Claire drängen sie in das Restaurant hinein.

Rafael ist übel. Sein rechtes Auge schmerzt, und hinter seinen Schläfen pocht ein gemeiner Presslufthammer.

Nachdem der Fahrstuhl ihn auf der ersten Etage ausgespuckt hatte, war er zusammen mit den anderen Touristen auf die Plattform hinausgetreten, nur um festzustellen, dass seine Höhenangst ihn hier sogar noch schlimmer quälte als gedacht. Er musste noch nicht einmal nahe an das Geländer herantreten. Ein Blick in die Tiefe genügte, um seine Knie in Wackelpudding zu verwandeln. Um nicht zu fallen, griff Rafael nach dem erstbesten Halt.

Leider war das der Arm von Monsieur Giroux.

Der Monsieur ist über sechzig, hat eine Halbglatze, abstehende

Ohren und wache, wasserblaue Augen. Sein liebstes Hobby ist das Essen. Monsieur Giroux schlemmt für sein Leben gern Mousse au Chocolat und Himbeerküchlein. Und um bei der ganzen Nascherei nicht aufzugehen wie ein Hefezopf, läuft er jeden Tag die Treppen bis in die zweite Etage des Eiffelturms hinauf. Allerdings wurde ihm auf der Aussichtsplattform bereits vier Mal von Taschendieben das Portemonnaie gestohlen.

Rafaels Hand auf seinem Arm spürend, glaubte der Monsieur, er würde schon wieder beraubt. Wütend holte er aus und traf mit seiner Faust direkt auf Rafaels rechtes Auge. Der nächste Schlag landete irgendwo am Hinterkopf, und dann sank Rafael endgültig zu Boden.

Wach wird er erst wieder im Turmrestaurant. Ein freundliches belgisches Touristenpaar hatte ihn kurzerhand dort hineingetragen und die Kellnerin alarmiert.

Zunächst weiß Rafael gar nicht, wo er sich befindet. Doch dann gleitet sein Blick zu der großen Fensterfront, und am liebsten möchte er sofort wieder ohnmächtig werden. Das gelingt ihm jedoch nicht. Stattdessen fällt ihm seine Geige ein. Panisch blickt er um sich. Da liegt der Geigenkasten. Zum Glück. Direkt neben ihm.

Eine junge Kellnerin mit rosa Wangen kommt herangeeilt. Vorsichtig hilft sie Rafael auf und drückt ihn auf einen Stuhl. Mit der anderen Hand streckt sie ihm einen Beutel mit Eiswürfeln entgegen.

»Seien Sie bloß nicht so nett zu dem!«, poltert Monsieur Giroux, der hinterhergekommen ist. »Der wollte mich bestehlen.«

»Was?« Rafael schaut erschrocken auf. »Ich wollte gar nichts stehlen«, verteidigt er sich. »Mir war nur etwas schlecht, und da …«

»Schlecht! Schlecht! Das kann jeder sagen. Das erzählst du am besten gleich der Polizei«, wettert Monsieur Giroux. »Da ist sie ja auch schon. Hierher meine Herren!« Er winkt die beiden Beamten heran.

Das Mädchen mit den lockigen Haaren, das den Raum inmitten der Menschentraube hinter den Polizisten betritt, fällt Monsieur Giroux nicht auf. Natürlich nicht. Er interessiert sich auch gar nicht für sie. Stattdessen berichtet er den Polizisten aufgeregt, was sich auf der Aussichtsplattform zugetragen hat.

Der Junge muss seinen Namen und seine Anschrift angeben.

»Rafael«, sagt er. »Ich heiße Rafael Belleson. Rue Tordu Nummer 6.«

Bei dem Namen Belleson zuckt Claire zusammen. Wie Eiswasser läuft es ihr kalt über die Arme. Sie dreht sich schnell um und verlässt das Restaurant. Draußen saust sie über die Treppen in die Tiefe und fährt auf dem schnellsten Weg nach Hause.

Eigentlich möchte sie jetzt nichts lieber, als erst einmal in Ruhe über das eben Geschehene nachdenken. Außerdem muss sie mit ihrem Vater darüber sprechen. Doch als sie das Haus in der Rue Marrant betritt, klebt Gabriel sofort an ihrer Seite. Er verpetzt das Zauberbuch, das einen Dudelsackspieler ins Wohnzimmer gezaubert hat. Der war so laut, dass Gabriel überhaupt keinen Mittagsschlaf halten konnte. Deswegen ist der kleine Geist schrecklich schlecht gelaunt. Er meckert so lange und so laut, dass sogar Tante Odette aus ihrem Zimmer herauskommt.

Um Gabriel eine Freude zu bereiten, spielen Claire und Odette mit ihm eine Partie *Mensch ärgere dich nicht*. Und lassen ihn gewinnen. Danach macht Claire sich und Odette zum Abendessen Würstchen warm. Erst nach dem Essen kommt sie dazu, ihre Ahnen im Garten aufzusuchen. Zum Glück muss sie nicht lange warten, bis sie in der Mauer erscheinen.

Claire stößt einen tiefen Seufzer aus.

»Belleson«, sagt sie. »Rafael Belleson.«

»Um Himmels willen!«, Urgroßvater Septimus macht große Kulleraugen, und auf Aristides Stirn braut sich unversehens ein dunkles Gewitterwölkchen zusammen.

»Nimm diesen Namen nicht in den Mund«, knurrt er.

»Aber ich wurde heute verfolgt«, verteidigt sich Claire. »Von Rafael Belleson. Er hat auf der Straße herumgelungert und unser Haus beobachtet.«

Ururgroßvater Leopold verzieht seine breite Stupsnase. »Geht es hier etwa um Baltasar?«, fragt er. Diesmal scheint er tatsächlich etwas mitbekommen zu haben.

»Natürlich!«, poltert Aristide. »Baltasar Belleson. Mein Erzfeind.«

»Dein Herz weint?« Leopold ist doch noch ganz der Alte.

»ERZFEIND!«, schreit Aristide. »Dieser Zauberquacksalber hat seinen Sohn Rafael geschickt, um uns auszuspionieren.«

»Bestimmt will er wieder unser Buch stehlen«, vermutet Septimus.

»Worauf du Gift nehmen kannst.« Aristide nickt grimmig. »Er muss irgendwie von meinem Tod erfahren haben, und jetzt weiß er, dass er leichtes Spiel hat.«

»Na, hör mal«, protestiert Claire. »Ich bin schließlich auch noch da.«

»Das ist nicht dasselbe«, brummt Aristide, und Claire weiß, dass er recht hat.

Eine Weile brüten alle still vor sich hin.

»Was schlagt ihr vor?«, fragt Claire schließlich.

»Wir müssen das Buch auf jeden Fall in Sicherheit bringen«, meint Aristide.

»Ach was!« Großvater Nikolas schnaubt wie ein altes Walross. »Wir sollten nicht das Buch schützen, sondern lieber Baltasar unschädlich machen«, sagt er. »Wenn er wirklich weiß, dass du gestorben bist, wird Claire ihn sonst doch nie wieder los.«

»Richtig.« Septimus' Doppelkinn wogt besorgt auf und ab. »Du darfst nicht vergessen, wie ausgebufft er ist, Aristide. Immerhin hat er es schon einige Male geschafft, den Schutzzauber zu brechen, den du über das Buch gelegt hast. Einmal war er mit dem Buch sogar schon auf der Straße. Erinnerst du dich?«

Aristide versucht seinen steinernen Nachbarn anzusehen. Doch ohne einen richtigen Hals ist das Kopfdrehen für ihn anscheinend ziemlich schwierig. Vor Anstrengung beginnt er zu schielen.

»Natürlich erinnere ich mich«, sagt er. »Aber ich verstehe trotzdem nicht, was Nikolas meint.«

»Das ist doch ganz einfach.« Nikolas macht ein wichtiges Gesicht. »Claire tut endlich, was wir schon längst hätten tun sollen: Sie stiehlt Baltasars Zauberbuch zuerst. Ohne sein Buch kann er nicht mehr richtig zaubern. Dann kann er unseren Schutzzauber nicht knacken und uns auch nicht mehr gefährlich werden. So einfach ist das!«

In Aristides Steinpupillen beginnt es zu lodern.

»Na klar!«, stößt er aus. »Dass ich da nicht selbst draufgekommen bin!«

Claire schüttelt energisch ihren Kopf. »Nein, ich bestehle niemanden.«

»Das ist doch kein richtiges Stehlen«, sagt Aristide. »Das ist Selbstverteidigung, und außerdem nur zu deinem Besten.«

»Nach Westen?«, fragt Leopold.

»Das könnt ihr vergessen.« Claire hat jetzt richtig schlechte Laune. »Baltasar hat doch außerdem bestimmt auch einen Schutzzauber über sein Buch gelegt. Wie soll ich es da stehlen?«

»Ach.« Aristide rümpft seine Nase. »Der hat immer denselben Zauber. Das weiß ich noch von früher. Du musst nur mit dem linken Zeigefinger einen Drudenfuß auf den Deckel seines Buchs malen. Das ist auch schon alles.«

Claire kann gar nicht glauben, was ihre Vorfahren da planen wollen. »Nein!«, ruft sie deshalb noch einmal ganz entschieden. »Egal, was ihr sagt. Ich stehle nicht. Und damit basta!« Fürs Erste hat sie genug. Sie stampft über die Terrasse ins Haus und knallt die Tür hinter sich zu.

»Was denken sich diese alten Brummochsen denn?«, grummelt sie noch im Badezimmer vor sich hin. Wütend putzt sie ihre Zähne. Sie schaltet im ganzen Haus das Licht aus, zieht ihren Schlafanzug an und haucht Gabriel einen Gutenachtkuss auf die Wange.

Der kleine Geist ist tatsächlich schon in seinem Bettchen auf Aristides Schreibtisch eingeschlummert.

Auch Claire legt sich ins Bett und versucht zu schlafen. Doch heute Abend wälzt sie sich nur von einer Seite auf die andere.

Irgendwann gibt sie auf. Sie steht wieder auf und schleicht in die Küche. Dort macht sie sich einen Pfefferminztee. Während sie am Küchentisch still vor sich hin brütet, krault sie der Zuckerdose ein wenig den Bauch. Dabei denkt sie an Rafael, an ihr Zauberbuch, an das Zauberbuch von Baltasar Belleson. Und dann, mit einem Mal, springt sie auf. So hastig, dass der Zuckerdose vor Schreck der Deckel vom Kopf kullert. Claire setzt ihn der Dose schnell wieder auf. Im Flur streift sie ihre Schuhe und den Mantel über und greift nach ihrer Tasche. Gerade will sie vorsichtig die Eingangstür öffnen, da kommt Gabriel aus Aristides Zimmer geschwebt.

»Was machst du denn?«, fragt er. Müde reibt er seine Augen.

»Nichts.« Mit einer Handbewegung will Claire den kleinen Geist zurückscheuchen. Doch es gelingt ihr nicht.

»Du darfst nicht weggehen!«, protestiert er. Er braust durch die Luft und baut sich mit verschränkten Armen vor der Eingangstür auf. »Ich fürchte mich nachts, wenn niemand im Haus ist, und außerdem macht das Buch bestimmt wieder Unsinn, wenn du fort bist.«

»Du bist doch gar nicht allein«, beruhigt ihn Claire. »Tante Odette ist da.«

»Die zählt nicht«, sagt Gabriel. »Und wo willst du überhaupt hin?«

»Das kann ich jetzt nicht erklären.« Claire wird langsam ungeduldig. Sie hat Lust, einfach durch Gabriel hindurchzustapfen. Doch aus Erfahrung weiß sie, dass es sich nicht empfiehlt, durch einen Geist hindurchzulaufen. Das fühlt sich nämlich ein bisschen so an, als würde man seinen Kopf in eine Schale mit kaltem Wackelpudding stecken.

Gabriel schaut sie bettelnd an.

»Nimm mich doch mit. Bitte, bitte!«

»Ich kann dich nicht mitnehmen. Das weißt du genau. Die Leute könnten dich sehen.«

»Dann sagst du einfach, ich wäre ein … ein … ein Hologramm.«

»Ein Holo-was?«

»Ein Hologramm! So ein Video-Dingsbums in 3D. Wie in Star Wars«, sagt Gabriel strahlend.

Claire schüttelt den Kopf. »Du guckst zu viel Fernsehen«, stellt sie fest. Aber bevor sie sich noch mehr von Gabriels Unfug anhören muss, gibt sie lieber nach.

»Okay, ich nehme dich mit. Aber du bleibst in meiner Tasche und rührst dich nicht, bis wir wieder zu Hause sind, verstanden?«

Gabriel nickt eifrig. Als Claire ihm ihre Tasche aufhält, schlüpft er blitzschnell hinein.

Draußen herrscht bereits stockdunkle Nacht. Nur die Laternen werfen ihr orangefarbenes Licht auf den Gehweg. Claire ist ein bisschen unheimlich zumute. Sie ist ganz allein auf der Straße. Alle Bewohner der Rue Marrant schlafen bereits. Auch Monsieur Bonnet liegt in seinem Bett. Er trägt ein graues Nachthemd, eine graue Schlafmütze und schnarcht im Takt seiner Taschenuhr.

Claire eilt zur Metrostation und springt die Stufen hinab. Mit lautem Getöse fährt gerade eine Bahn ein. Claire betritt den Waggon. Die Deckenlampen flackern nervös, als sie in den Tunnel gleiten. Neun Stationen muss Claire nun fahren. Sie blickt auf die Zeitung, die der Monsieur mit der Nickelbrille neben ihr aufgeschlagen hat.

Morgen großer Flohmarkt am Eiffelturm kann sie lesen, und *Einmalige Sonderausstellung rund um die Mona Lisa im Museum Louvre.* Da lässt Gabriel in ihrer Tasche einen lauten Furz fahren. Der Nickelbrillen-Monsieur schaut Claire tadelnd an.

»Die Jugend von heute«, murmelt er. Kopfschüttelnd sucht er sich einen anderen Platz, und Claire hört aus der Tasche ein leises Kichern.

Na warte, denkt sie. Das würde noch ein Nachspiel haben! Doch hier in der Bahn kann sie Gabriel nicht ausschimpfen, und eigentlich hat sie ja auch gerade andere Dinge zu tun, als sich mit einem pupsenden Geist herumzuschlagen.

Die Metro arbeitet sich holpernd und quietschend voran, und bald muss Claire aussteigen. Sie verlässt den Bahnhof durch die Fußgängerschranken.

Vor der beleuchteten Schaufensterscheibe eines Friseurs breitet sie ihren Stadtplan aus. Eine Straße nach links, um eine breite Kurve herum und dann nur noch ein paar Meter geradeaus.

Mit schnellen Schritten macht Claire sich auf den Weg. Schon bald erreicht sie die Rue Tordu. Sie sucht nach der Nummer 6 und findet sie schnell. Es ist eine alte Villa in der Farbe von vergilbtem Papier. Elegante Balkone mit verschnörkelten Geländern ranken vor jedem Fenster.

Claire setzt sich auf eine Bank auf der gegenüberliegenden

Straßenseite und lässt ihre Augen an dem Haus hinaufgleiten. Nur in zwei Fenstern brennt Licht. Eines befindet sich ganz oben unter dem Dach. Weil es so hoch ist, kann Claire nicht hineinsehen. Das andere erleuchtete Fenster liegt im Erdgeschoss, direkt gegenüber von Claire. Sie erkennt ein paar massige braune Bücherregale, ein Klavier und ein grünes Sofa.

Da lugt mit einem Mal Gabriels bläulich schimmernder Kopf neugierig aus der Tasche hervor.

»Du sollst drinbleiben!«, schimpft Claire.

»Wieso? Hier ist doch niemand.« Gabriel äugt auf die Straße. Dann schlüpft er kurzerhand aus der Tasche und setzt sich neben Claire auf die Bank.

»Was machst du denn?«, fragt er.

»Ich will nur mal was gucken.«

Auf einmal regt sich etwas im Erdgeschoss der Villa. Eine Gestalt tritt unter den silbernen Kronleuchter. Claire kneift die Augen zusammen.

»Ist das etwa dein Freund?«, fragt Gabriel. Er wackelt mit seinem abstehenden Ohr.

»Mein was?«

»Dein Freund. Du weißt schon.« Gabriel zwinkert. »Ihr habt euch lieb und küsst euch und ...«

»Quatsch!«, sagt Claire, aber Gabriel glaubt ihr nicht.

»Wieso drücken wir uns dann nachts auf einer Parkbank vor seinem Haus herum?«, fragt er skeptisch.

Claire stöhnt auf. »Erkennst du ihn nicht?«, fragt sie. »Das ist der Junge, der uns ausspioniert hat. Rafael Belleson.«

»Heidewitzka!«, ruft Gabriel aus. So laut, dass Claire sich er-

schrocken umblickt. Zum Glück ist die Straße immer noch ebenso leer wie ihre Schokoladenkeksdose daheim.

Interessant, dass Rafael noch wach ist. Er scheint mit jemandem zu sprechen. Nur kann Claire nicht erkennen, wer es ist. Eine der efeugrünen Gardinen versperrt ihr die Sicht.

Rafael tritt einen Schritt auf das Sofa zu. Er hebt etwas auf, kommt zurück und setzt eine glänzend polierte Geige an sein Kinn. Konzentriert streicht er mit einem Bogen über die Saiten. Eine feine, leise Melodie schwirrt zu Claire und Gabriel herüber. Und dann, in den folgenden Minuten, können die beiden etwas Unglaubliches beobachten. Während Rafael nämlich spielt, sammelt sich langsam eine Wolke aus leuchtend rotem Nebel um seinen Geigenbogen. Wie Zuckerwatte an einem Holzstäbchen wächst die Wolke heran. Als sie schließlich so groß ist wie der bauschige Bart von Ururgroßvater Leopold, löst sie sich langsam vom Bogen. Sie schwebt zur Decke hinauf, während Rafael unermüdlich weiterspielt. Dem roten folgt ein orangefarbener Nebel, dann ein gelber, ein grüner, ein hell- und ein dunkelblauer und schließlich ein violetter. Die Farben verbiegen sich unter der Decke wie Katzenbuckel. Eine Weile schwingen sie im Takt der Melodie hin und her, bis sie am Ende in einem gewaltigen Tusch zusammenfinden.

Ohne es zu merken, ist Claire von der Bank aufgesprungen. Mit offenem Mund starrt sie den siebenfarbigen Regenbogen an, der über Rafaels Kopf schimmert. Selbst Gabriel hat es die Sprache verschlagen. Die beiden bemerken zu spät, dass Rafael längst mit dem Spielen aufgehört hat. Als Claire ihre Augen von dem glitzernden Farbenkranz losreißen kann, ist Rafael an das Fenster getreten. Er steht da und schaut Claire direkt ins Gesicht. Vor Schreck rennt sie einfach los, ohne an Gabriel zu denken. Wie ein Düsenjet spurtet sie in Richtung U-Bahn-Station. Der zurückgelassene Geist saust aufgeregt hinter ihr her.

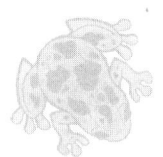

5. Kapitel

in dem jemand im Untergrund von Paris nach einer
wichtigen Zutat sucht und Claire sich einen Schlüssel besorgt

»Ich hab noch nie gesehen, wie jemand mit einer Geige zaubert. Das sah wirklich toll aus«, findet Claire.

Sie beißt herzhaft in ein Schokoladencroissant. Nachher wird sie sich wegen der Krümel bestimmt ärgern, ihr Frühstück mit ins Bett genommen zu haben. Doch nach der langen und aufregenden Nacht gestern kuschelt sie sich lieber noch mit Gabriel in ihre warme Bettdecke ein, anstatt gleich aufzustehen.

»Bestimmt enthält das Zauberbuch der Bellesons Noten«, vermutet sie. »Und die Regenbogenfarben, die wir über Rafael Bellesons Kopf gesehen haben, besiegeln den Zauber. So wie bei uns das Mondsteinlicht.«

»Was er wohl gezaubert hat?«, rätselt Gabriel.

»Unter Garantie irgendetwas, das mit unserem Buch zu tun hat«, meint Claire. »Was wäre sonst so dringend, dass er mitten in der Nacht zaubern muss?«

Gabriel gähnt. Er schwebt in die Höhe und beginnt, seine kleinen blauen Glieder zu recken.

»Weißt du, ich glaube, Papa hat recht«, sagt Claire. »Bestimmt haben Rafael und sein Vater Gerüchte über seinen Tod aufgeschnappt. Und jetzt bereiten sie sich darauf vor, unser Buch zu stehlen. Wahrscheinlich versuchen sie gerade Papas Schutzzauber zu brechen. Was meinst du? Gabriel?«

Claire ist so in ihre Gedanken versunken gewesen, dass sie gar nicht bemerkt hat, wie der kleine Geist aus dem Raum hinausgeflogen ist. Bestimmt saust er gerade im Garten umher und dreht ein paar Loopings an der frischen Luft. Das macht er jeden Morgen.

Claire widmet sich wieder ihrem Croissant. Sie denkt an das Zauberbuch und überlegt, was sie dagegen tun kann, dass Rafael es ihr stiehlt. Sie denkt und grübelt und überlegt, und um genau acht Uhr zweiundzwanzig fasst sie einen mutigen Entschluss.

Der Alte erblickt die Menschenmenge schon von Weitem. Dutzende von Touristen haben sich zu einer langen Schlange formiert. Angeekelt macht er einen Bogen um sie. Der Alte mag keine Menschen. Und die Touristen, die sich täglich in Scharen durch die Stadt schieben, mag er schon gar nicht. Außerdem würde er sich niemals irgendwo anstellen. Schließlich ist er ein mächtiger Zauberer.

Zielstrebig marschiert der Alte weiter und biegt in eine Seitenstraße ein. Vor einem unscheinbaren veilchenblauen Haus bleibt er stehen.

Rechts von dem Haus befindet sich ein Zeitungskiosk, links ein

Geschäft für Damenstrümpfe. Beide scheinen nicht besonders gut besucht, und auch auf der Straße ist heute nicht viel los. Der Alte hat Glück.

Er lässt noch einen eierköpfigen Monsieur auf dem Fahrrad vorüberfahren, dann öffnet er die Kellerluke des Hauses. Nur wenige Schritte in die Tiefe, und schon steht er vor einer wurmzerfressenen Holztür. Schnuppernd saugt er die Luft ein.

Da ist sie schon – diese unverkennbare süßliche Note.

Hinter der Tür geht es eine Menge weiterer Stufen hinab. Der Alte knipst seine Taschenlampe an. Es wird kühler. Er zieht die Strickjacke fester um seinen Leib.

Bald stößt er auf einen dunklen Gewölbegang. Im Lichtkegel seiner Taschenlampe blitzt etwas Helles auf. Es sind Gebeine. Die Knochen und Schädel der Verstorbenen. Bis unter die Decke liegen sie hier gestapelt. Scheinbar endlos säumen sie den Gang, von Totengräbern zu bizarren Mustern aufgetürmt.

Ein kurzer Schauer durchfährt den Alten, doch er würde nicht einmal vor sich selbst zugeben, dass er sich in den Katakomben gruselt. Schließlich spazieren Tag für Tag Tausende von Touristen durch den riesigen Gebeinefriedhof von Paris. Nicht gerade durch diesen Abschnitt, denn der Alte bevorzugt die abgesperrten Bereiche. Doch hier unten sieht es im Großen und Ganzen überall gleich schaurig aus.

Die Augen angestrengt auf den Strahl der Taschenlampe geheftet, stolpert er voran. Weiter und weiter zieht es ihn in die alten Steinbrüche hinab.

Claire wird sich von Rafael Belleson nicht bestehlen lassen, so viel steht fest!

Eifrig springt sie aus dem Bett, zieht ihre kirschroten Lieblingsjeans und ein T-Shirt über und macht sich auf den Weg in Aristides Zauberkammer.

Claire braucht zum Zaubern keine Noten, so wie Rafael. Stattdessen benötigt sie allerlei merkwürdige Zutaten.

Der alte Holzschrank in der Kammer ist zum Glück bis obenhin mit Zauberzutaten gefüllt. Das ist Aristides Werk. Auf seinen vielen Reisen hat er die undenkbarsten Dinge gesammelt. Zum Beispiel den Schleim einer nepalesischen Achatschnecke und einen Orkan von den niederländischen Antillen. Von dem Orkan sind inzwischen leider nur noch wenige Windstärken übrig. Irgendwann wird Claire das Fläschchen auffüllen müssen. Doch im Moment läuft sie geschäftig zwischen Zauberbuch und dem alten Holzschrank hin und her. Hat sie ein Reagenzglas mit einer Zutat gefüllt, hängt sie es in eine Halterung – direkt neben dem riesigen, weißlich glänzenden Mondstein.

Seit Claire denken kann, ruht der Stein auf Aristides Schreibtisch, getragen von einem silbernen Tablett. Der Stein ist für ihre Zauberei genauso wichtig wie das Buch. Glücklicherweise ist er aber viel weniger launisch.

Hätte Claire mit dem Mondstein ebenso viel zu tun wie mit dem zickigen Zauberbuch, käme sie bestimmt zu nichts anderem mehr. Und der arme Gabriel wäre vermutlich längst ausgezogen.

»Ein geschmolzener Blitz, eine in Salzsäure aufgelöste Drachenschuppe, ein Spritzer Schlangengift …«, murmelt Claire vor sich hin. Dabei lässt sie ihren Finger über die Zutatenliste im Zauberbuch gleiten.

»Dauert es noch lange?«, fragt Gabriel. Sein blaues Köpfchen ragt durch die geschlossene Tür. Aber Claire kann den kleinen Geist jetzt nicht gebrauchen.

»Raus mit dir!«, brummt sie.

Sie kramt im alten Holzschrank und stellt fest, dass ihr für den Zauber als Einziges fünf Gramm Magerquark fehlen. Das lässt sich schnell beheben. Glücklicherweise sind nicht die geschmolzenen Blitze ausgegangen. Da hätte Claire auf das nächste Gewitter warten müssen, und so viel Zeit hat sie nun wirklich nicht.

Schnell läuft sie zum Supermarkt. Wieder daheim bringt sie Tante Odette zunächst die Zitronenbonbons, die sie ihr mitgebracht hat. Tante Odette liebt Zitronenbonbons. Aber nur die ganz sauren. Die, die das Gesicht beim Lutschen aussehen lassen wie eine vertrocknete Feige.

Danach füllt Claire den Magerquark in ein Reagenzglas. Sie hängt es zu den übrigen Zutaten in die Halterung. Vor Aufregung zittern ihre Hände. Sie versucht ruhig ein- und auszuatmen, und dann richtet sie ihre Gedanken fest auf den Zauber, den sie ausführen will.

Die Konzentration ist bei der Zauberei das Wichtigste. Das hat Aristide Claire immer wieder eingetrichtert. Magie kann schrecklich schiefgehen, wenn man dabei an etwas anderes denkt.

Zuerst nimmt Claire jetzt das Glas mit dem geschmolzenen Blitz in die Hand. Es brutzelt, als die glitzernde Flüssigkeit auf den Mondstein trifft. Schnell kippt Claire die flüssige Drachenschuppe und den Spritzer Schlangengift hinterher. Dann kommen der Saft einer Tollkirsche und ein Teelöffelchen Kröten-schleim dazu.

Claire wartet einen Moment, bevor sie auch den Magerquark auf die Spitze des Mondsteins löffelt. Zum Schluss lässt sie noch drei Esslöffel honigfarbenen Feenstaub durch ihre Finger rieseln. Schon als das erste glitzernde Körnchen den Stein berührt, zischen kleine Blitze durch die Luft. Der Stein hüllt sich in bläulich schimmerndes Licht, das sich immer weiter ausbreitet. Am Ende schießt es wie in einer Explosion durch den ganzen Raum.

Claire muss geblendet die Augen schließen. Und als sie sie wieder öffnet, liegt ein Schlüssel da. Direkt auf dem Mondstein. Es ist ein großer alter Türschlüssel aus dunklem Eisen.

In dem Geflecht aus unterirdischen Gängen wechselt der Alte mehrmals die Richtung. Bis jetzt ist er zuversichtlich, auf dem richtigen Weg zu sein. Irgendwo hier in der Nähe muss die Höhle sein. Er hat sie schon einige Male aufgesucht, immer mit der Absicht, dort eine bestimmte Zutat für seine Zauberei zu sammeln. Das letzte Mal liegt allerdings bereits etliche Jahre zurück.

Der Alte betritt eine Art unterirdische Kapelle mit einer hohen Gewölbedecke. Vom Boden ragt eine riesige steinerne Engelsfigur in die Höhe. Ihre aufgespannten bleichen Flügel strecken sich zu beiden Seiten gewiss um mehr als zwei Meter in den Raum. Natürlich erinnert sich der Alte an die eindrucksvolle Figur, nur weiß er beim besten Willen nicht mehr, welcher der drei dahinter abzweigenden Gänge der richtige ist.

Unruhig lässt er den Strahl seiner Taschenlampe zwischen den dunklen Korridoren hin und her tanzen.

Ein dumpfes Rattern ertönt, und von der Decke rieselt Staub herab. Die Kapelle muss sich unterhalb einer Metrolinie befinden.

»Vermaledeit«, murmelt der Alte.

Welchen Weg soll er bloß einschlagen? Irgendwann entscheidet er sich aus Not für den rechten. Er schreitet kräftig aus, doch schon bald bemerkt er, dass etwas nicht stimmt. Das schaurige Gefühl in seiner Brust, das ihn seit dem Einstieg in die Katakomben begleitet, scheint abzunehmen. Dem Alten wird fast leicht zumute. Er beleuchtet die Wände und stellt fest, dass hier nur noch vereinzelt Knochen die Mauern zieren. Mürrisch kehrt er um und versucht es mit dem mittleren Gang. Doch auch diesmal muss er nach kurzer Zeit abbrechen.

Der Alte wird nervös. Als er schließlich den linken Korridor betritt, zittern seine Beine. Zum Glück kann er bereits nach wenigen Schritten aufatmen, denn beinahe beruhigend senkt sich das drückende, unbehagliche Gefühl wieder auf seine Brust. Er beleuchtet die Mauern um sich herum. Hier liegen die Totenschädel dicht an dicht. Sie starren dem Alten aus dunklen Augenhöhlen gleichmütig entgegen.

Endlich ist er wieder auf dem richtigen Weg.

»Hat es geklappt? Hat es geklappt?«

Als Claire die Küche betritt, hopst Gabriel ungeduldig auf der alten Teekanne herum. Um ihn ein bisschen auf die Folter zu spannen, lässt Claire erst traurig ihre Schultern hängen. Doch dann zieht sie mit einem Lächeln den Schlüssel aus ihrer Tasche. Stolz wedelt sie Gabriel damit vor der Nase herum.

»Meinst du, der passt?«, fragt der kleine Geist.

»Na, vielen Dank«, murmelt Claire. »Du hast ja großes Vertrauen in meine Zauberkünste.«

»Du hast doch selbst gesagt, dass du aus der Übung bist«, verteidigt sich Gabriel. Er rutscht auf dem Henkel der Teekanne herab. »Und jetzt?«, fragt er gespannt.

»Jetzt rufe ich Rafael an.«

Claire läuft in den Flur und holt das Telefon. Auf dem Küchentisch liegt schon der Zettel mit Rafaels Telefonnummer bereit. Die hat Claire bei der Auskunft erfragt.

Sie ist aufgeregter, als sie zugeben will. Nervös tippt sie die Zahlen in den Apparat.

Sie wartet auf das Freizeichen.

Es tutet.

»Belleson?«, meldet sich Rafael.

»Äh, hallo«, antwortet Claire.

»Wer ist denn da?«

»Hier ist Claire. Claire Delune.«

Als Rafael schweigt, fügt sie hinzu: »Die vom Eiffelturm gestern.«

Stille.

»Ich war gestern nicht beim Eiffelturm«, behauptet Rafael.

»Ja, sicher. Und im Schweizer Käse sind auch keine Löcher.«

Rafael scheint nicht der Gesprächigste zu sein, denn von seiner Seite der Leitung kommt wieder nur Schweigen.

Claire räuspert sich. Sie nimmt all ihren Mut zusammen: »Ich wollte fragen, ob wir uns treffen können. Heute Abend. Am Karussell bei *Sacré-Cœur*?«

Sie hört, wie Rafael überlegt.

»In Ordnung«, sagt er schließlich.

»Prima«, antwortet Claire. »Dann um sechs.«

»Bis dann«, sagt Rafael.

Sie legen auf. Das war ein kurzes Gespräch, aber wirkungsvoll.

Claire muss kichern. Rafael scheint doch tatsächlich geglaubt zu haben, sie hätte ihn bei seiner tollpatschigen Verfolgungsaktion nicht bemerkt.

Der Alte drängt unbeirrbar vorwärts. Dumpf hallen seine Schritte von den Mauern wieder, und endlich, nach ungezählten weiteren Metern stößt er auf den schmalen Eingang zu einer Höhle. Aufgeregt leuchtet er in den Spalt hinein.

»Bei Merlins Bart«, murmelt er ergriffen.

An den Wänden türmen sich wie auf Perlenketten aufgereiht Aberhunderte Knochen und Schädel in die Höhe. Einige wuchtige marmorne Kreuze blitzen zwischen den Gebeinen hervor, und an der Kopfseite des Raums ragt ein komplettes Skelett aus der Wand. Mit seinen etwas schief stehenden Gliedern sieht es aus, als würde es einen grausigen Totentanz aufführen wollen.

Der Alte zwängt seine riesige Gestalt durch den schmalen Spalt des Höhleneingangs. Behutsam zieht er ein graues Kästchen aus seiner Hosentasche hervor und öffnet den Deckel.

»Es ist so weit«, flüstert er. In der kühlen, modrigen Luft bildet sein Atem eine kleine Nebelwolke. Doch der Alte spürt die Kälte kaum. Bei dem Gedanken daran, gleich die letzte Zutat für seinen Zauber in das Kästchen bannen zu können, breitet sich ein erwartungsvolles Kribbeln in ihm aus.

Er hat sich die leichteste Zutat für den Schluss aufgehoben, und nun weiß er, dass nichts mehr schiefgehen wird. Kurz lässt er in Gedanken die letzten drei Jahre Revue passieren, die er mit dem Sammeln der Zutaten verbracht hat. Es waren harte und anstrengende Jahre.

Zu seinem Leidwesen kann der Alte seine Zutaten nicht oft in verlassenen Höhlen sammeln. Normalerweise muss er sie den Menschen direkt abnehmen, was er manchmal nur mit viel Überwindung über sich bringt. Doch Gefühle müssen nun einmal gefühlt werden, um zu entstehen. Daran kann der Alte auch nichts ändern.

Er denkt an die *Seeligkeit von frisch Verliebten*, die Zutat, die er erst letzte Woche besorgt hat, von einem jungen Paar im Garten hinter der Kirche *Notre-Dame*.

Das war überhaupt nicht angenehm für ihn. Genau wie die *unendliche Trauer*, die er bei einer schwarz gekleideten Madame auf dem Friedhof von *Montmartre* gefunden hat.

Der Alte lächelt. Die Knochen in den Katakomben dagegen

bilden für ihn eine der wenigen angenehmen Ausnahmen. Der *Hauch des Todes*, die Zutat, die er heute einfangen will, liegt direkt vor ihm in der Luft wie ein viel zu schweres Parfüm. Die Knochen geben das Gefühl hier unten ungefiltert an die Luft ab. Nur wenige Atemzüge werden dem Alten genügen.

Konzentriert bringt er sich in Position. Er erdet seine Füße und streckt den Rücken. Dann nimmt er einen tiefen Atemzug, einen weiteren, noch einen. Er erinnert sich selbst daran, vorsichtig zu sein. Er weiß: Atmet er zu wenig von dem Gefühl, reicht es als Zutat für seine Zauberei nicht aus. Nimmt er aber zu viel, bringt er sich selbst in größte Gefahr. Das schreckliche Schicksal seines Urgroßvaters Emil Gargoll schießt ihm durch den Kopf. Dennoch nimmt er tapfer einen letzten Atemzug und lässt den Hauch des Todes wie eine eisige Welle in sein Inneres schwappen. Seine Lungen werden schwer, der Kopf ganz leicht und kühl. Es ist kein unangenehmes Gefühl.

Der Alte hält das graue Kästchen vor den Mund und bläst hinein, als würde er einen riesigen Schwimmreifen aufpusten wollen. Er bläst und bläst, und als er sicher ist, auch das letzte bisschen Todeshauch aus sich hinausgeatmet zu haben, stülpt er hastig den Deckel zurück auf das Kästchen. Erleichtert fährt er sich mit dem Handrücken über die Stirn.

»Es ist vollbracht«, raunt er dunkel.

Nun trennt ihn nur noch ein kleiner Schritt von seinem Ziel. Er, Felistin Gargoll, würde bald der mächtigste Zauberer von ganz Frankreich sein. Wenn nicht gar der mächtigste Zauberer der Welt.

6. Kapitel

in dem Claire Sterne sieht,
obwohl es noch gar nicht dunkel ist

Um halb fünf am Abend holt Claire ihren großen Rucksack aus dem Kleiderschrank hervor. Der mit den roten und grünen Flicken. Damit stiefelt sie in Aristides Zauberkammer.

Weil sie Rafael nicht über den Weg traut, hat sie beschlossen, das Zauberbuch lieber mitzunehmen. Aber wie zu erwarten war, lässt sich das Buch nicht einfach so in den dunklen Rucksack stopfen. Es sträubt und wehrt sich mit allen Mitteln. Erst zwickt es Claire zweimal in den Daumen und einmal in die Nase, und dann zaubert ihr das Ding doch tatsächlich Juckpulver in die Unterhose. Wie ein verrückt gewordener Osterhase hüpft Claire durch das Zimmer.

Als sie das Buch dann endlich verstaut hat, ist sie vor Anstrengung völlig erledigt und obendrein durchgeschwitzt. Sie muss noch einmal duschen. Vor allem wegen des Juckpulvers.

Frisch gewaschen macht sie sich vor dem großen Spiegel im Flur zurecht. Gabriel sagt ihr an der Haustür artig auf Wiedersehen. Er lässt sie nicht gern allein gehen. Als Entschädigung hat Claire ihm einen Videoabend versprochen. Mit Popcorn.

Gabriel kann es zwar nicht essen, aber er liebt den Geruch über alles.

Claire läuft eilig zur Metrostation. Sie will nicht zum Karussell, wie sie es mit Rafael verabredet hat, sondern in die Rue Tordu. Zum Haus der Bellesons. Den Weg kennt sie ja bereits. Neun Stationen sind es mit der U-Bahn. Dann eine Straße nach links, um eine breite Kurve herum und ein paar Meter geradeaus.

Schon eine halbe Stunde später steht sie vor dem papierfarbenen Haus. Vorsichtig späht sie durch alle Fenster, die zur Straße hin liegen. Niemand ist zu sehen.

Dann steigt sie zur Eingangstür hinauf. Über der Klingel prangt ein Schild mit der Aufschrift *Belleson*.

Die Tür ist alt und hat ein massives Schloss, das aussieht, als wäre es an die fünfhundert Jahre alt. Claire entdeckt, dass darüber ein modernes Sicherheitsschloss angebracht ist. Hoffentlich hat Rafael das beim Weggehen nicht auch zugeschlossen. Der Mondstein war offenbar der Meinung, dass für das Heim der Bellesons nur ein einziger Schlüssel nötig ist. Der, den es schon seit Hunderten Jahren gibt. Claire sieht sich noch einmal um. Dann kramt sie den gezauberten Schlüssel aus ihrer Rocktasche hervor und steckt ihn mit zitternden Fingern in das große Schloss.

Er passt haargenau. Schade, dass Gabriel das nicht sehen kann. Langsam dreht Claire den Schlüssel herum. Erleichtert spürt sie, wie die Tür nachgibt. Sie betritt das Haus. Hier ist es ganz still. Claire schleicht durch den Flur in den ersten Raum hinein. Es ist das Wohnzimmer. Von einem Zauberbuch findet sie keine Spur. Vorsichtig lugt Claire in das nächste Zimmer hinein. Hier sieht es fast so aus wie in Aristides Zauberkammer. Es gibt einen dunkelbraunen Schreibtisch, einen Lesesessel und einen alten Schrank.

Spätestens jetzt müsste Claire eigentlich ein Licht aufgehen. So hell wie eine 1000-Watt-Birne. Claire hat bei ihrem genialen Plan nämlich etwas Entscheidendes vergessen. Es fängt mit »B« an und hört mit »altasar« auf.

Als Claire die Zauberkammer betritt, wird sie von einer alten Bodendiele mit lautem Knarzen begrüßt. Erschrocken zuckt sie zusammen und schaut sich um. Doch zum Glück bleibt alles ruhig. Und dann sieht sie es: das Zauberbuch.

Es ruht auf einem weinroten Samtkissen.

Claire eilt darauf zu. Das Buch der Familie Belleson ist genau wie das der Delunes in braunes Leder eingebunden, doch auf seiner Vorderseite schimmert ein vielfarbiger Regenbogen.

»Madame?«

Claire wirbelt herum. Sie ist so entsetzt, dass sie das Buch aus Versehen von seinem Kissen stößt. Mit einem lauten »Rumms!« knallt es auf den Fußboden.

»Heben Sie das wieder auf. Aber sofort!«, poltert die Stimme.

Claire blickt panisch in alle Richtungen, doch sie kann niemanden entdecken.

»Hier bin ich!«, ruft die Stimme. »Auf dem Schreibtisch.«

Erst als Claire zweimal hinsieht, entdeckt sie eine kleine Büste, die auf einem Sockel neben dem Tintenfass thront. Sie besteht aus weißem Marmor, und der Stein hat das Gesicht und die Schultern eines alten runzeligen Mannes mit einer breiten Kartoffelnase. Gerade rollt er ungeduldig mit den Augen.

»Was ist denn jetzt?«, quakt die Büste. »Heben Sie das Buch heute noch mal auf?«

Hastig springt Claire vor. Sie greift das Buch und ist kurz versucht, es tatsächlich auf das Kissen zurückzulegen. Doch dann überlegt sie es sich anders.

Sie streckt ihren linken Zeigefinger aus und malt damit einen unsichtbaren Drudenfuß auf den Deckel, einen Stern mit fünf Spitzen, genau wie Aristide es ihr gesagt hat.

Als wäre ein Windstoß durch das Buch gefahren, flattern seine Seiten plötzlich auf. Ein regenbogenfarbener Schimmer entweicht, und kurz darauf klappt das Buch wieder zu.

Der kleine Mann aus Stein beginnt aufzuheulen wie eine Polizeisirene. »Hilfe!«, brüllt er. »Einbruch! Diebe!«

Claire presst das Buch fest an ihre Brust und rennt damit in den Flur. Sie hält auf die Eingangstür zu und will nach dem Knauf greifen, doch genau in diesem Moment schwingt die Tür nach innen auf. Das Türblatt knallt mit voller Wucht gegen ihre Nase. Tausend bunte Sterne blitzen vor Claires Augen auf, und dann versinkt alles in Dunkelheit.

Felistin hockte auf der Fensterbank im Gästebadezimmer und schaute hinunter in den Garten. Lange würde er sich hier nicht einschließen können. Sein Toilettengang dauerte schon jetzt ungewöhnlich lange. Zunächst hatte er nämlich nach dem Mädchen gesucht. Die Kleine mit den Zöpfen. Das tat er jedes Mal, wenn seine Großmutter ihn zu einem Besuch bei den Delunes zwang. Es war das einzige, worauf er sich freute. Er wollte das Mädchen unbedingt noch einmal sehen. Aber auch heute hatte er sie nicht angetroffen.

Ob sie sich vor ihm versteckte? Bei dem Gedanken zog sich Felistins Brust kurz zusammen. Mürrisch und traurig trottete er zurück ins Spielzimmer.

Aristide und Baltasar saßen auf dem Sofa und hantierten mit winzigen Feilen an einem Gipsmodell herum. Bei näherer Betrachtung konnte man den Eiffelturm darin erkennen.

»Was macht ihr da?«, fragte Felistin, obwohl er wusste, dass er wahrscheinlich keine normale Antwort erhalten würde.

»Nichts«, sagte Baltasar auch prompt.

»Sieht aber gar nicht nach nichts aus«, beharrte Felistin. Das Gipsmodell und die merkwürdigen Feilarbeiten machten ihn neugierig. Doch Felistin war nicht dumm. Ihm war klar, dass Aristide und Baltasar ihm noch weniger verraten würden, wenn sie sein Interesse witterten.

»Ach, sicher ist das so ein doofes Schulprojekt«, sagte er deshalb. »Solche Modelle haben wir schon im letzten Jahr gemacht.«

»Schulprojekt?« Baltasar schnaufte. »Ich arbeite doch am Wochenende an keinem Schulprojekt.«

»Ach nein? Was ist es denn dann?«

»Wir arbeiten an einem Wettstreit«, stieß Baltasar hervor und handelte sich augenblicklich einen Rippenstoß von Aristide ein.

»Spinnst du? Der verpfeift uns doch bei meinem Vater.«

»Das mach ich ganz bestimmt nicht«, versicherte Felistin.

»Da hörst du's! Er verrät uns nicht«, sagte Baltasar schmollend.

Aristide blickte finster von seinem Freund zu Felistin.

»Na gut«, willigte er schließlich ein. »Wir können ihm etwas erzählen. Aber nur von den alten Wettstreiten. Unser neues Projekt bleibt geheim.« Er nickte Felistin zu und schob gönnerhaft einen

Hocker vor das Sofa. Kaum hatte Felistin sich gesetzt, sprudelte es aus Baltasar hervor: »Beim letzten Mal hab ich dieses riesige Croissant gezaubert. So groß wie zwei Autos.« *Seine Augen strahlten.* »Mitten auf den Place Pigalle habe ich es gezaubert. Das hättest du mal sehen sollen. Zwei Stunden Chaos im Feierabendverkehr, bis die Feuerwehr kam. Und Aristide hat ...«

»Ich hab so eine Tennisballwurfmaschine unter den Eiffelturm gehängt«, *unterbrach ihn Aristide,* »und die Touristen daraus mit Eclairs de Vanille *beschossen. Fünftausendzweihundert Stück. Das war der pure Wahnsinn!«*

Mit einem Mal gackerten Aristide und Baltasar wie zwei Hühner beim Eierlegen. Felistin wollte gern einstimmen, doch er verstand die Sache nicht ganz.

»Und was sollte das?«, *fragte er.*

Die Jungen verstummten. Baltasar nahm seine Arbeit an dem Gipsmodell wieder auf. »Wir haben gewettet, wer mit seiner Zauberei auf die Titelseite der Zeitung kommt.«

»Und?«

»An dem Wochenende waren Boule-Meisterschaften in der Stadt. Wir haben es beide nur auf Seite sechzehn geschafft, unter die Kurzmeldungen.«

»Vielleicht war das auch besser so«, *sagte Aristide.* »Sonst hätten unsere Alten vielleicht doch noch Wind von der Sache bekommen.«

Felistin überlegte, was seine Großmutter wohl sagen würde, wenn er so grob gegen die Regeln der Geheimhaltung verstoßen hätte. Er kam zu dem Schluss, dass er sich das lieber nicht ausmalen wollte.

Stumm betrachtete er das Modell des Eiffelturms, und ganz plötzlich, fuhr es aus ihm heraus: »Ich will mitmachen!«

Aristide und Baltasar wechselten einen Blick.

»Ich will mitmachen«, wiederholte Felistin. »Bei eurem Wett-streit.«

»Das geht nicht«, wehrte Aristide ab.

»Wieso nicht? Ich bin ein guter Zauberer, wirklich!«

»Vielleicht«, meinte Aristide. »Aber du zauberst doch mit Stim-mungen. Und Stimmungszauberei … ist doch gar keine echte Zau-berei.«

»Genau, du könntest sowieso nicht mithalten«, sagte Baltasar. »Mach das mit deiner Gefühlsduselei lieber zu Hause.« Er klopfte Felistin aufmunternd auf die Schulter, doch der spürte die Berüh-rung kaum. Er fühlte sich plötzlich ganz taub. Ohne es richtig zu merken, erhob er sich. Er wankte aus dem Zimmer, den Flur entlang und die Treppe hinunter. Erst als er draußen vor der Eingangstür stand, kam er wieder zu sich, und sofort ergriff ihn blanke Wut.

Was bildeten sich diese Wichtigtuer bloß ein! Sie hielten ihn für nichts anderes als einen Versager. Dabei hatten sie keine Ahnung! Keine Ahnung davon, was Stimmungszauberei bedeutete und was man damit alles bewegen konnte. Felistin atmete schwer.

Er war ein besserer Zauberer als diese beiden. Das würde er ihnen beweisen. Aristide Delune und Baltasar Belleson würden ihre Arro-ganz noch bitter bereuen!

7. Kapitel

in dem der vierzehnte Juni immer mysteriöser wird

Als Claire wieder zu sich kommt, liegt sie auf dem grünen Sofa im Wohnzimmer der Bellesons. Die bleichen Augen der Marmorbüste funkeln sie vom Wohnzimmertisch aus böse an. Rafael lehnt an der Wand und macht ebenfalls keinen besonders freundlichen Eindruck. Auf seiner Schulter hockt eine kleine braune Maus. Sie hält ein winziges Weinglas in der Hand, trägt eine schwarze Baskenmütze und einen langen roten Samtschal.

Claire fährt erschrocken in die Höhe. Augenblicklich erfasst sie ein heftiger Schwindel, weswegen sie sich zunächst vorsichtig wieder hinlegen muss. Sie greift nach dem Päckchen mit den gefrorenen Erbsen, das beim Aufrichten von ihrer Nase gepurzelt ist. Verwirrt blinzelt sie zu Rafael und der seltsamen Maus hoch.

Wenn das nicht dasselbe Tier ist, das sie letztens auf ihrem Flur gesehen hat, frisst Claire einen Besen.

In diesem Moment öffnet Rafael den Mund. Er schnappt nach Luft, und es sieht aus, als ob er etwas sagen will. Doch nichts kommt heraus. Ein paarmal macht er den Mund auf und zu.

Dabei sieht er aus wie ein wütender Karpfen. Schließlich bringt er doch etwas hervor: »Wie kommst du dazu, hier einzubrechen?«

»Sie wollte das Buch stehlen«, petzt der Büstenmann.

Claire drückt sich die Tüte mit den Erbsen wieder auf die Nase. Sie denkt, dass es nun keinen Zweck mehr hat zu schwindeln, schließlich wurde sie auf frischer Tat ertappt.

»Stimmt«, sagt sie deshalb und sieht Rafael direkt in die Augen. »Ich wollte das Buch stehlen. Aber nur, weil du mir meins stehlen wolltest.«

»Wie bitte?« Rafael sieht ehrlich überrascht aus. Anscheinend ist er ein guter Schauspieler.

»Wieso sollte ich dein Buch stehlen?«

»Na, deswegen hast du doch vor unserem Haus herumgelungert und mich verfolgt.« Claire stellt fest, dass Angriff wirklich die beste Verteidigung ist. Rafael sieht schon gar nicht mehr so unfreundlich aus. »Und deine Maus hat auch bei uns herumgeschnüffelt, oder nicht?«, setzt sie noch einmal nach.

»Siebenschläfer«, sagt Rafael.

»Was?«

»Er ist ein Siebenschläfer, keine Maus.«

»Hicks«, macht die Maus auf Rafaels Schulter. Sie hebt ihr Glas in die Höhe. Gut gelaunt prostet sie Claire zu. Doch Claire lässt sich davon nicht durcheinanderbringen. »Du gibst also zu, dass deine Maus bei uns herumgeschnüffelt hat?«

»Mein Siebenschläfer«, verbessert Rafael erneut mit leicht genervtem Tonfall. Doch schließlich räumt er ein, dass der Siebenschläfer tatsächlich bei Claire spioniert hat.

»Na bitte, also wolltest du unser Zauberbuch doch stehlen!«, stellt Claire triumphierend fest.

»Nein«, sagt Rafael entschieden. »Wir wollten nur rausfinden, was bei euch los ist. Es gibt da Gerüchte ...«

»Was für Gerüchte?«

»Es geht um deinen Vater.« Rafael druckst herum. »Die Katze von Monsieur Chevalier meinte, er wäre ... er wäre ...«

»Er wäre was?«

»Gestorben.«

»Was? Ha! So ein Quatsch!« Claire plustert sich ordentlich auf. Sie will auf keinen Fall, dass Rafael die Wahrheit erfährt. Das würde Aristide bestimmt nicht gefallen.

»Nur weil er mal ein bisschen krank ist, erzählen die Leute gleich, er wäre gestorben? Das ist nicht zu fassen«, meckert sie.

Der Büstenmann stößt einen verächtlichen Laut aus.

»Was hat er denn, der alte Rumsschädel? Hoffentlich was Unangenehmes. Furunkeln? Masern? Mumps?«

Da dämmert Claire etwas. Eigentlich viel zu spät. Sie wendet sich der Büste zu.

»Sie sind ... Baltasar?«, sagt sie langsam, und dann stammelt sie genauso herum wie Rafael zuvor: »Das heißt, Sie sind, Sie sind ...«

»Genau. Ich bin mausetot«, grummelt Baltasar.

Claire unternimmt einen weiteren Versuch, sich auf dem Sofa aufzurichten, und diesmal klappt es zum Glück ohne Schwindel.

»Wann genau ist das denn passiert?«, fragt sie bestürzt.

»Am vierzehnten Juni, da ...«, beginnt Rafael, doch Baltasar lässt ihn nicht ausreden: »Pscht.« Er wirft seinem Sohn einen strengen Blick zu. »Das geht die junge Mademoiselle nun wirklich nichts an.«

»Am vierzehnten Juni?« Claire lässt sich zurück gegen die Sofalehne sinken. »Aber da ist Papa doch auch …«

»Da ist dein Papa was?« Rafael zieht fragend seine Augenbrauen in die Höhe. Claire könnte sich ohrfeigen. Nun hat sie sich doch verplappert! Doch da das Geheimnis jetzt ohnehin halb heraus ist, kann sie es auch verraten.

»Gestorben«, seufzt sie.

»Also doch!«, ruft Rafael.

»Ich wusste es!« Baltasar keucht vor Aufregung.

Claire greift nach der Tüte mit den gefrorenen Erbsen und presst sie sich auf das Gesicht. Ihre Nase tut noch ganz schön weh. Außerdem wäre sie gern unsichtbar. Sie muss nachdenken.

»Wieso sind Sie beide denn am selben Tag gestorben? Das ist doch merkwürdig«, murmelt sie nach einer Weile.

»Papperlapapp«, wiegelt Baltasar ab. Er bemüht sich hörbar, gleichgültig zu klingen. »So was kann schon mal passieren. Reiner Zufall ist das.«

Claire und Rafael tauschen einen zweifelnden Blick. Claire freut sich, weil Rafael die Sache anscheinend genauso sonderbar vorkommt wie ihr. Doch so, wie es aussieht, ist aus Baltasar im Moment nicht mehr herauszubekommen, deswegen wechselt Claire erst einmal das Thema: »Tut mir leid, dass ich hier eingebrochen bin«, sagt sie zu Rafael. Inzwischen hat sie doch das Gefühl, sich entschuldigen zu müssen. Doch Rafael scheint nicht mehr böse zu sein.

»Hör zu«, sagt er. »Ich glaube, das alles ist ein großes Missverständnis. Wir sollten in Ruhe noch einmal darüber sprechen. Aber nicht mehr heute Abend. Ich habe jetzt leider keine Zeit mehr.«

Claire fühlt sich ein wenig vor den Kopf gestoßen. Was sollte Rafael um diese Uhrzeit noch vorhaben? Doch da er nichts weiter erklärt, erhebt sie sich langsam vom Sofa. Sie sucht ihren Rucksack und findet ihn neben dem Wohnzimmertisch.

Als Rafael vorschlägt, sich am nächsten Tag um drei Uhr im Café *Chocolat* zu treffen, fängt Baltasar schon wieder zu schimpfen an: »Sie ist die Tochter meines Erzfeindes, verflixt noch mal. Du kannst nicht mit ihr Kuchen essen gehen!«, blafft er Rafael an. Doch der hört gar nicht zu. Er schiebt Claire in Richtung Eingangstür und verabschiedet sich dort von ihr.

Verwirrt tritt Claire auf die Straße hinaus. So einen merkwürdigen Abend hat sie noch nie erlebt.

Sie sieht noch einmal zu den Fenstern im Erdgeschoss und kann Rafael im Wohnzimmer erkennen. Wie es scheint, streitet er sich mit seinem Vater. Dann winkt er plötzlich ab. Claire verfolgt, wie er das Zauberbuch der Bellesons unter den Arm klemmt, mit der freien Hand seine Geige greift und aus dem Zimmer stürmt.

Kopfschüttelnd und mit tausend wirren Gedanken beschäftigt, läuft Claire zur Metrostation.

8. Kapitel

in dem Rafael Claire von einem Verdacht erzählt

Als Claire am nächsten Tag beim Café ankommt, steht Rafael bereits davor. Seinen Geigenkasten hat er unter den Arm geklemmt. Die beiden begrüßen Monsieur Gagnier, den Besitzer des Cafés. Dann gehen sie durch das Ladeninnere hindurch auf eine Terrasse, von der aus man direkt auf die Seine schauen kann. Für seinen Ausblick ist das Café *Chocolat* berühmt. Dafür und für die Erdbeertörtchen mit Schokoladencreme, von denen Rafael und Claire gleich vier Stück bestellen.

Während sie ihren Kakao trinken, erzählt Rafael Claire davon, wie gern er Geige spielt. Auch ohne zu zaubern. Und dass er ab und zu im Opernorchester aushilft.

»Das macht total viel Spaß«, sagt er. »Ich stelle mir oft vor, wie es wäre, dort später zu arbeiten. Jeden Tag nichts als Musik zu machen – das muss genial sein. Aber mein Vater will davon nichts wissen.«

Claire nickt mitfühlend. Als sie zu Hause einmal erwähnt hat, Geologin werden zu wollen, ist Aristide vor Zorn beinahe an die Decke gegangen. »Du bist die Tochter des größten Zauberers von

Paris«, hat er gegiftet. »Du musst nicht arbeiten. Du wirst Zauberin, das reicht, basta!« Aber Claire hat ihren Plan natürlich trotzdem noch nicht aufgegeben.

Rafael steckt sich einen Löffel Schokoladencreme in den Mund. »Papa ist im Moment richtig mies drauf, wegen der Sache mit seinem Tod«, berichtet er.

»Und deine Mutter?«, fragt Claire. »Was meint die dazu?«

Ihr fällt auf, dass sie bis jetzt noch nie über Rafaels Mutter nachgedacht hat. Wahrscheinlich liegt das daran, dass sie selbst ohne Mutter aufgewachsen ist.

»Meine Mutter meint dazu gar nichts«, erklärt Rafael. »Sie wohnt nicht mehr bei uns. Meine Eltern haben sich scheiden lassen, als ich sechs war.«

»Oh … das tut mir leid.« Claire hat gleich ein schlechtes Gewissen, Rafael auf seine Mutter angesprochen zu haben. Doch der winkt ab: »Ist schon gut. Ich hab mich dran gewöhnt. Zum Schluss haben sie sich sowieso nur noch gestritten. Sie lebt seit drei Jahren in England. Wir telefonieren aber fast jeden Tag, und sie kommt oft zu Besuch.«

Claire merkt, dass Rafael das Thema doch traurig macht, auch wenn er versucht, es sich nicht anmerken zu lassen. Deswegen wechselt sie schnell auf ein weniger kompliziertes Thema: Schule. Es stellt sich heraus, dass Rafael auf dieselbe Schule geht, die auch Claire bald besuchen wird. Claire freut sich sehr darüber. So kennt sie immerhin schon eine Person dort. Doch dann verkündet Rafael, dass er nach den Sommerferien gar nicht mehr zur Schule gehen will.

»So habe ich mehr Zeit zum Zaubern und Geigespielen«, erklärt er. »Papa will, dass ich möglichst schnell seinen Platz einnehme und ein richtig guter Zauberer werde. Weil ich doch der einzige Nachkomme in der Belleson-Familie bin.«

Claire findet nicht, dass man als Zauberer keine Schule besuchen muss. Vor allem nicht, wenn man wie Rafael eigentlich Orchestermusiker werden möchte. Dazu braucht man doch bestimmt ein Abschlusszeugnis!

Aber sie traut sich nicht, etwas zu sagen. Dafür kennt sie Rafael noch nicht gut genug.

»Ich bin auch die einzige Nachkommin meiner Familie. Leider«, sagt sie stattdessen. »Mit Geschwistern oder Cousinen und Cousins wäre alles bestimmt einfacher. Da könnte man sich manches aufteilen.« Claire denkt an das mürrische Zauberbuch und an Gabriel. Und an den Streit zwischen den beiden heute Morgen. Sie erzählt Rafael davon. Und dass sie manchmal wirklich nicht mehr weiß, was sie mit den beiden Dickköpfen machen soll.

»… und dann hat das Buch die Klospülung verzaubert. Gabriel hat zwei Stunden gebraucht, um das Abflussrohr wieder hinaufzuklettern. Ich hab mir schon richtig Sorgen um ihn gemacht.«

Erst jetzt bemerkt Claire, dass Rafael angefangen hat zu kichern.

»Was ist? Warum lachst du?«

»Ich weiß gar nicht, warum du dich so aufregst«, sagt Rafael. »Das ist eigentlich total lustig. Ich meine, das mit der Klospülung und so. Und um den Geist musst du dir doch keine Sorgen machen. Was soll schon passieren? Tot ist tot.«

Einen kurzen Moment ist Claire ganz verdutzt und weiß nicht, was sie von Rafaels Reaktion halten soll. Doch dann fängt auch sie an zu grinsen. Es sah nämlich tatsächlich ziemlich komisch aus, wie Gabriel schimpfend aus der Toilette gestiegen ist.

Claire gibt noch ein paar andere Anekdoten über ihre Mitbewohner zum Besten. Dabei kommt sie richtig in Fahrt und muss zusammen mit Rafael immer wieder laut lachen, sodass die Törtchenkrümel über den Tisch fliegen.

Irgendwann hat sie genug erzählt, und dann wird Rafael plötzlich ernst.

»Ich muss mit dir noch über etwas sprechen.« Er beginnt, nervös seine Hände zu kneten. Offenbar weiß er nicht, wie er anfangen soll. Schließlich neigt er sich etwas näher zu Claire und sagt leise: »Kennst du Felistin Gargoll?«

»Du meinst den Zauberer, der in der alten Mühle draußen vor der Stadt wohnt?«

»Genau den.«

»Papa hat manchmal von ihm erzählt. Ich habe ihn aber nie getroffen. Er zaubert mit Stimmungen, oder?«

Rafael nickt.

»Ich war gestern Abend bei ihm«, erklärt er. »Also, nicht direkt *bei* ihm. Ich bin an einem der Räder seiner Mühle hinaufgeklettert und habe ihn durch das Wohnzimmerfenster hindurch beobachtet.«

»Was? Wieso das denn?«, fragt Claire aufgeregt.

»Weil ich einen Verdacht hatte«, antwortet Rafael. »Und gestern Abend hat er sich leider bestätigt.«

Claire versteht nur Bahnhof und sieht Rafael fragend an. Der fährt fort: »Vor ein paar Tagen hat mir mein Siebenschläfer Fantin berichtet, dass das Pferd von der alten Madame Méric gesagt hat, dass die Katze von Monsieur Chevalier behauptet hat, Gargoll führe etwas im Schilde.«

»Hä?«, fragt Claire.

»Fantin hat mir berichtet, dass das Pferd von der alten Madame Méric gesagt hat, dass …«

»Ja, ja.« Claire winkt ab. »Was genau soll der alte Gargoll denn im Schilde führen?«

Rafael lässt seinen Blick rasch über die Terrasse gleiten. Er beugt sich jetzt so nah zu Claire hinüber, dass ihre Nasenspitzen sich beinahe berühren.

»Er will sich die *Mona Lisa* unter den Nagel reißen.«

»Was?« Aus Versehen hat Claire so laut gebrüllt, dass Rafael entsetzt zurückfährt.

Aber natürlich ist Claires Aufregung verständlich. Schließlich ist die *Mona Lisa* ein sehr berühmtes Gemälde, wenn nicht gar das berühmteste Gemälde der Welt.

Claire starrt Rafael aus großen runden Augen an.

»Was will er denn mit der *Mona Lisa*? Verkaufen kann man die doch gar nicht. Dafür ist sie viel zu bekannt.«

»So genau weiß ich das noch nicht«, brummt Rafael. »Aber ich bin mir sicher, dass er das Gemälde stehlen will. Auf seinem Wohnzimmertisch lag nämlich eine Postkarte von dem Bild. Als ich dort war, hat Gargoll sie in die Hand genommen, ganz irre gelacht, und dann hat er gesagt: »Deprime, bald wird sie mein sein. Dann kann ich endlich mit dem großen Zauber beginnen und es ihnen heimzahlen.«

»Hm«, macht Claire. »Das klingt wirklich merkwürdig.« Sie

schlürft ihren Kakao. »Und du denkst, er hat damit die *Mona Lisa* gemeint?«

»Na klar, sonst hätte er doch nicht so mit der Postkarte herumgewedelt«, sagt Rafael entschieden.

»Und wem will er etwas heimzahlen?«

»Also, ich glaube …«, antwortet Rafael im Flüsterton, »dass Gargoll unsere Väter gemeint hat.«

Vor Schreck verschluckt Claire sich am Rest ihres Kakaos und muss husten. »Wie kommst du denn darauf«, fragt sie mit erstickter Stimme.

»Na ja, ich habe Papa von meiner Beobachtung in der Mühle erzählt«, erklärt Rafael. »Und er wollte gar nichts davon wissen. Er hat gleich losgemeckert, dass ich mir das alles nur einbilde und der alte Gargoll überhaupt kein richtiger Zauberer ist. Der habe noch nie etwas Vernünftiges auf die Reihe bekommen und wäre nie im Leben dazu in der Lage, die *Mona Lisa* zu stehlen.«

»Ah, das kenne ich«, sagt Claire. »Mein Vater hält auch überhaupt nichts von Gargoll. Er nennt ihn immer den *Stimmungsfurzer*.«

Rafael lacht. »Ja, so was in der Art hat Papa auch gesagt.« Er tippt energisch mit dem Zeigefinger auf den Tisch. »Aber das zeigt doch nur, wie sehr sie mit Gargoll verfeindet sind. Er hat bestimmt unsere Väter gemeint. Irgendetwas will er ihnen heimzahlen, und dafür braucht er die *Mona Lisa*.«

Claire sieht nachdenklich in ihre leere Kakaotasse. Plötzlich hebt sie ruckartig den Kopf.

»Was ist?«, fragt Rafael.

Claire schluckt. Sie greift nach dem Strohhalm in ihrer Tasse und hält sich daran fest, als würde sie sonst gleich vom Stuhl kippen.

»Vielleicht … vielleicht ist das der Grund. Vielleicht waren sie so sehr verfeindet, dass Gargoll … etwas mit dem Tod der beiden zu tun hat«, stammelt sie kreidebleich.

»Du meinst, er hat sie umgebracht?«, fragt Rafael ungläubig.

»Das würde jedenfalls erklären, warum sie am selben Tag gestorben sind«, sagt Claire mit zittriger Stimme. Dann merkt sie, dass sie sich vielleicht doch etwas zu sehr in die Sache hineingesteigert hat. Sie lässt den Strohhalm los, und eine steile Falte gräbt sich über der Nasenwurzel in ihre Stirn.

»Warte mal … unsere Väter hätten uns bestimmt erzählt, wenn sie umgebracht worden wären.«

»Nicht, wenn Gargoll sie zum Beispiel vergiftet hat und sie gar nichts davon wissen«, wendet Rafael ein.

Aber Claire winkt ab. »Das glaube ich nicht. Vergiss es einfach. Das war eine blöde Idee von mir. Lass uns lieber weiter über die *Mona Lisa* reden.« Nachdenklich schaut sie über die Seine. »Okay, du meinst also, er will sie stehlen, um unseren Vätern damit etwas heimzuzahlen. Aber wie soll das gehen? Und wieso gerade die *Mona Lisa*? Was will er denn mit ihr anfangen? Der zaubert doch mit Stimmungen, nicht mit Bildern.« Claire seufzt. »Also irgendwie stimmt diese ganze Sache hinten und vorne nicht.«

»Ich hab aber gesehen, was ich gesehen habe«, sagt Rafael fast beleidigt. »Und ich bin mir sicher, dass das Bild in Gefahr ist, egal was Papa behauptet.«

Claire greift an ihr linkes Ohrläppchen. Das zuckt schon eine ganze Weile, und das tut es eigentlich immer nur in zwei Fällen:

entweder bevor etwas Ungutes geschieht oder kurz vor einem Gewitter. Doch der Himmel ist wolkenlos. Nichts deutet auf ein nahendes Unwetter hin. Und deswegen entscheidet Claire sich dafür, Rafael zu glauben. Oder ihrem Ohr. Das kann man sehen, wie man will.

»Okay«, sagt sie langsam. »Nehmen wir also an, Gargoll will das Gemälde stehlen.« Sie starrt konzentriert in Rafaels grüne Augen. »Was machen wir dann dagegen?«

Auf Rafaels Gesicht zeigt sich ein Lächeln. Er ist erleichtert, dass Claire ihm endlich glaubt.

»Wir legen einen Schutzzauber über das Gemälde«, sagt er sofort. »Das ist die beste Möglichkeit.«

»Aber einen Schutzzauber habe ich noch nie gezaubert«, gibt Claire zu bedenken.

»Ich auch nicht. Deswegen will ich es ja auch mit dir zusammen machen. Wir schaffen das schon. Und eine andere Wahl haben wir sowieso nicht. Papa oder Aristide brauchen wir jedenfalls nicht um Hilfe zu bitten. Die lachen uns sowieso nur aus.«

Claire denkt wieder eine Weile nach. Doch ihr fällt tatsächlich auch keine bessere Strategie ein, wie sie Gargolls Pläne durchkreuzen könnten. Also nickt sie schließlich. Sie würden es mit dem Schutzzauber versuchen müssen.

9. Kapitel

*in dem Monsieur Bonnet eine Aubergine gestohlen wird
und es am Ende ziemlich bunt wird*

Schnell rufen Claire und Rafael Monsieur Gagnier herbei, um ihre Erdbeertörtchen zu bezahlen. Danach machen sie sich auf den Weg in die Rue Marrant Nummer 22.

Als sie das Haus schon fast erreicht haben, schiebt der Schneider Monsieur Bonnet seinen Kopf aus dem Fenster. Er klappt die goldene Taschenuhr auf und rümpft seine spitze Nase. Wer weiß, was ihn jetzt gerade wieder stört?

Wüsste er, was Claire und Rafael in den nächsten Stunden vorhaben, würde er vor Schreck bestimmt aus dem Fenster fallen.

Zum Glück weiß er es nicht. Keine Menschenseele ahnt etwas davon. Nicht einmal Gabriel. Und der ist ja gar kein Mensch. Der kleine Geist schläft tief und fest in seinem Bettchen. Er ist immer noch ganz erledigt von dem Abenteuer im Abflussrohr.

Als Claire mit Rafael ins Haus schlüpft, steckt Tante Odette kurz den Kopf aus ihrer Zimmertür. Rafael sagt ihr höflich Guten Tag. Dass er ein Belleson ist, scheint die Tante nicht im Geringsten zu stören. Vielleicht hat sie glatt vergessen, dass die Delunes und die Bellesons verfeindet sind. Oder sie ist in Gedanken einfach nur bei ihren Fröschen. Nach Rafaels Begrüßung macht sie ihre Tür jedenfalls gleich wieder zu. Jetzt haben Claire und Rafael das Haus für sich allein.

Rafael hat bereits gestern Abend das passende Musikstück für den Zauber herausgesucht und eingeübt. So kann er Claire dabei helfen, ihre Zutaten zusammenzustellen.

Sie schlagen das Zauberbuch unter S wie Schutzzauber auf. Claire zieht erschrocken die Luft ein. Die Zutatenliste ist ungefähr so lang wie der Bandwurm von Monsieur Durand. Und den trägt der arme Monsieur bereits seit drei Jahren mit sich herum.

Zum Glück hat Aristide Claire den gut sortierten Zutatenschrank hinterlassen. So dauert es zwar eine Weile, doch Rafael und Claire finden fast alles, was sie brauchen. Zum Beispiel *Fünfunddreißig Milliliter geschmolzenen Schnee von der Spitze des Kilimandscharo* oder *Drei Esslöffel Bier aus einer Brauerei in der Französischen Schweiz*. Nur die einfachste Zutat fehlt wieder mal: »Wir haben keine Aubergine«, sagt Claire und läuft in die Küche.

Kurz darauf kommt sie zurück. »Ich hab die ganze Küche abgesucht. Wir haben Karotten, Mangold, Fenchel, Tomaten, Sellerie – einfach alles. Aber keine Aubergine.«

»Dann gehe ich schnell los und hole eine«, bietet Rafael an. Er schlüpft bereits in seine Jacke, doch Claire hält ihn zurück.

»Es ist schon nach acht. Der Supermarkt schließt wahrscheinlich gerade. Und Monsieur Dubois' Stand hat auch schon längst zu.« Claire rauft sich wütend die Haare. »Jetzt können wir wegen der blöden Aubergine den Zauber nicht ausführen!«, schimpft sie. »Dabei ist sonst alles vorrätig.«

»Frag doch bei euren Nachbarn nach«, schlägt Rafael vor.

Daran hat Claire gar nicht gedacht.

Gemeinsam mit Rafael klingelt sie bei Madame Bertrand von nebenan. Die hat aber keine Aubergine. Und Monsieur Martin öffnet nicht. Vermutlich spielt er Karten im Café. Gemeinsam mit Monsieur Lambert. Der geht nämlich auch nicht an die Tür. Und Madame Robin und Madame Petit können genauso wenig mit einer Aubergine aufwarten wie bestimmt zwölf weitere Nachbarn, bei denen Claire und Rafael es versuchen.

Schließlich bleibt Claire vor dem Nachbarhaus auf der gegenüberliegenden Straßenseite stehen. Es ist grau und hat schwere dunkle Fensterläden. Hier wollte sie eigentlich nicht klingeln. Doch wie es aussieht, bleibt ihr nichts anderes übrig.

Mit einem unbehaglichen Gefühl drückt sie auf den runden Messingknopf mit dem Schildchen *Bonnet*.

Ein schrilles Läuten ertönt, doch im Haus regt sich nichts. Claire klingelt noch einmal, aber auch diesmal erscheint niemand an der Tür.

»Schade«, seufzt sie. »Monsieur Bonnet hätte uns bestimmt helfen können. Ich habe gesehen, wie er heute Morgen vier Auberginen bei Monsieur Dubois gekauft hat.«

»Und das sagst du erst jetzt?« Rafael sieht verärgert aus. Er kennt Monsieur Bonnet ja auch nicht. Sonst würde er bestimmt sofort verstehen, warum Claire so ungern bei ihm läutet.

»Was machen wir?«, fragt Claire.

»Wir besorgen uns natürlich diese Aubergine.« Rafael setzt eine entschlossene Miene auf. »Blöd, dass ich die Geige nicht dabei habe.«

Über Rafaels Schulter beobachtet Claire, wie er ein Plastikkärtchen aus seinem Portemonnaie hervorzieht. Geschickt schiebt er es zwischen Türblatt und Rahmen der Haustür.

»He, was soll das?«, zischt Claire. Doch statt einer Antwort zieht Rafael die Karte mit einem Ruck nach unten. Es knackt und im nächsten Moment schwingt die Tür auf.

»Spinnst du?«, schnaubt Claire. »Du kannst doch nicht einfach die Tür aufbrechen.«

»Das Schloss ist ja nicht kaputt. Schau: Nachher lässt sich die Tür ganz normal wieder schließen«, gibt Rafael zurück, und dann ist er auch schon im Hausflur verschwunden.

Claire folgt ihm widerwillig und nur, weil sie nicht allein auf der Straße stehen bleiben will. Sie findet es schon ein wenig verdächtig, dass Rafael so einfach eine Tür mit einem Plastikkärtchen öffnen kann. Es kommt ihr jedenfalls so vor, als ob er das nicht zum ersten Mal getan hat.

Wachsam schleicht sie Monsieur Bonnets langen dunklen Flur entlang. Sie hat seine Wohnung noch nie betreten, doch hier drin sieht es genauso aus, wie sie es sich vorgestellt hat: Die Möbel sind alt und schwer und aus dunklem Holz. Kein einziges Staubkörnchen ist auf ihnen zu finden. Und die Bücher stehen so ordentlich im Regal, als hätte Monsieur Bonnet den Abstand zwischen Regalkante und Buchrücken mit dem Lineal abgemessen.

Rafael biegt gerade in einen Raum auf der rechten Seite ein. Bestimmt hat er die Küche entdeckt.

Claire will ihm folgen, doch genau in diesem Augenblick dröhnt eine Stimme durch den Flur.

»Euch werde ich es zeigen!«

Claire wendet sich blitzschnell um. Natürlich rechnet sie damit, einem wütenden Monsieur Bonnet gegenüberzustehen.

Doch der Flur ist immer noch leer.

»Ihr könnt euch warm anziehen!«, donnert es. Ein kollerndes Lachen folgt, und dann greift jemand nach Claires Hand.

Zum Glück ist es nur Rafael.

Er deutet auf eine verschlossene Tür.

»Gegen mich kommt ihr nicht an!«, dröhnt es, und nun ist auch Claire sicher, dass die Stimme aus dem Raum hinter der Tür herausschallt.

Rafael geht vorsichtig in die Hocke. Er linst durch das Schlüsselloch. Als er sich wieder aufrichtet, wirkt er gar nicht mehr erschrocken. Im Gegenteil: Er sieht so aus, als würde er jeden Moment losprusten. Warnend legt Claire einen Finger an die Lippen, bevor auch sie sich hinunterbeugt, ein Auge zusammenkneift und neugierig in den Raum späht.

Was sie sieht, ist das Badezimmer von Monsieur Bonnet. Hellblaue und rosa Fliesen. Monsieur Bonnet liegt in einer mit sehr viel Schaum gefüllten Badewanne. Er hat eine cremig weiße Gesichtsmaske aufgelegt, auf seinen Augen liegen zwei Gurkenscheiben, und mit einer Hand presst er das Telefon ans Ohr.

»Ja, ja ... am Samstag um neun. Im Jardin du Luxembourg. Ich werde euch in Grund und Boden spielen. Und sag Fabio, dass er nicht wieder seine Kugeln vergessen soll.«

Natürlich, denkt Claire. Monsieur Bonnet redet über Boule. Gerade hat er sich mit jemandem zu einem Turnier verabredet.

Claire wusste gar nicht, dass Monsieur Bonnet gerne Boule

spielt. Bis jetzt hat sie angenommen, dass er nichts besonders gerne tut.

»*A bientôt.* Auf Wiederhören«, sagt Monsieur Bonnet und legt den Telefonhörer auf die Gabel. Dann beginnt er, eine italienische Opernarie zu trällern. Opern mag Monsieur Bonnet nämlich noch lieber als Boule. Und am liebsten mag er Madame Rossetti aus dem italienischen Bistro an der Ecke. Er ist heimlich in sie verliebt. Doch das wird wahrscheinlich niemals jemand erfahren. Am wenigsten Madame Rossetti. Und Claire auch nicht.

Die richtet sich gerade vorsichtig wieder auf. Sie will kein Geräusch verursachen, damit Monsieur Bonnet sie nicht doch noch entdeckt.

Als sie wieder aufrecht steht, streckt Rafael ihr grinsend eine Aubergine entgegen. Claire nickt begeistert, und dann verlassen die beiden auf Zehenspitzen das Haus.

»Was ist das denn für ein Typ?«, fragt Rafael, nachdem sie die Haustür leise hinter sich zugezogen haben. »Der hatte bestimmt zwölf Auberginen in seinem Kühlschrank. Ganz viel Blumenkohl und ohne Ende Karotten.«

»Ja, Monsieur Bonnet kauft immer nur langweiliges Gemüse«, sagt Claire.

»Was ist denn langweiliges Gemüse?«

Claire hat keine Lust, Rafael das zu erklären.

»Auberginen zum Beispiel«, sagt sie deshalb nur knapp, und Rafael fragt zum Glück nicht weiter nach.

Zurück in Aristides Zauberkammer muss Claire wegen des Schrecks erst einmal eine halbe Tafel Nussschokolade verdrücken. Rafael nimmt sich gern der anderen Hälfte an.

»Und wie machen wir das jetscht?«, fragt Claire schmatzend.

»Ich hab'sch geschtern im Schauberbuch nachgeleschen«, schmatzt Rafael zurück.

Er schluckt.

»Bei einem gemeinsamen Zauber ist es wichtig, dass alles zeitgleich geschieht. Bei meinem ersten Ton musst du die erste Zutat über dem Mondstein ausgießen, und bei meinem letzten Ton eben die letzte«, erklärt er.

»Na, das wird bestimmt ganz schön schwierig«, sagt Claire zweifelnd.

»Ach, Quatsch. Ich gebe dir einfach ein Zeichen, wenn ich anfange.« Rafael überlegt. »Ich zwinkere mit dem Auge: so.«

Er macht es einmal vor.

Claire nickt. Ja, das würde gehen.

Sie schneiden noch schnell die Aubergine, dann geht jeder auf seine Position. Claire nimmt das erste Glas in die Hand. Fünfzehn Milliliter Schlangengift sind darin. Und da gibt Rafael auch schon das Zeichen. Claire gießt das Glas aus. Tatsächlich tropft das Gift genau in dem Augenblick auf den Mondstein, in dem der erste Ton erklingt.

Rafael spielt weiter. Eine feine, fröhliche Melodie. Claires großer Zeh fängt automatisch an zu wippen.

An Rafaels Geigenbogen sammeln sich farbige Nebelschleier, genau wie in der Nacht, als Claire von der Straße aus seine Zauberei beobachtet hat. Sie sieht zu, wie sich erst eine rote und dann eine orangefarbene wattige Wolke von der Geige löst. Die Farben steigen auf und schweben über Rafaels Kopf.

Claire ist nicht richtig bei der Sache und lässt sich mit den ersten zehn Zutaten viel zu viel Zeit. Jetzt kippt sie schnell den geschmolzenen Schnee über den Stein. Sie leert das Glas mit den Katzenschnurrhaaren und das mit den Rosenblättern aus.

»Claire! Beeil dich! Das Stück ist gleich vorbei!«, ruft Rafael über sein Lied hinweg.

In Windeseile schüttet Claire den Zehennagel einer alten Dame und vierunddreißig gelbe Büroklammern über den Stein. Schließlich folgt ein gebrauchtes Taschentuch. Rafael zieht seine Töne lang.

»Claire!!«

»Ja doch!«

Fast in Schallgeschwindigkeit löffelt Claire die letzte Zutat auf den Stein. Es sind sechs Esslöffel Honig. Eins, zwei, drei …

»Claire!!!«

Rafael dehnt den letzten Ton bereits über eine Minute. Die Farben schwingen nervös über seinem Kopf. Dann hält sein Geigenbogen inne. Als der Regenbogen aufleuchtet, platscht der letzte Tropfen Honig auf den glatten weißen Stein.

Claire hält den Atem an.

Der Mondstein beginnt zu schimmern.

»Mach die Augen zu«, warnt Claire Rafael.

Gerade haben beide ihre Lider geschlossen, da schießt ein Lichtblitz durch den Raum. Der Zauber hat gewirkt!

Claire blinzelt. Doch diesmal scheint der grelle Spektakel länger anzudauern als gewöhnlich.

Das blaue Mondsteinlicht wirbelt aufgeregt durch den Raum. Neugierig umrundet es Rafaels Regenbogen. Dann stoppt es und wölbt sich zu einer schimmernden Kugel.

Mit einem elektrischen Knistern schließt die Kugel den Regenbogen in ihrer Mitte ein. Sie beginnt sich zu drehen, wird schneller und schneller. Ein surrender Laut ertönt, so als würde eine ganze Schar dicker Fliegen durch den Raum jagen. Und schließlich, mitten im Kreiseln, durchstößt der Regenbogen die bläulich glänzende Hülle der Kugel. Wie glitzernder Blütenstaub regnen seine Farben herab.

Die Kugel aus Mondsteinlicht zerplatzt mit einem gläsernen »Pling!«. Tintenschwarze Dunkelheit folgt.

Claire schlägt die Augen auf.

»Hatschi!«

»Hatschi!«, antwortet Rafael.

»Wieso ist denn die Deckenlampe aus?«, fragt Claire. »Man kann die eigene Hand ja nicht mehr vor Augen sehen.«

Sie stiefelt los, um den Lichtschalter zu betätigen, aber im Dunkeln stößt sie gegen Aristides Garderobenständer.

»Au! Hatschi!«

An der Tür angekommen klappt sie den Lichtschalter ein paarmal hin und her, doch nichts passiert.

»Durch den Zauber muss die Sicherung rausgesprungen sein«, vermutet sie. Sie stolpert zurück zum Schreibtisch. Blind fischt sie eine Kerze aus der Schublade und entzündet sie mit Aristides Feuerzeug, das sie nach kurzem Suchen ebenfalls in der Schublade findet.

»Lass uns am besten mal nachseh…«

Vor Schreck bleiben Claire die Worte mitten im Hals stecken. Sie stößt einen heiseren Schrei aus. Die Kerze landet auf dem Fußboden.

Rafael und Claire brauchen eine Weile, bis sie sich von dem Schock erholt haben. Dann laufen sie gemeinsam zum Sicherungskasten im Flur. Tatsächlich ist eine der Sicherungen herausgesprungen. Claire schraubt sie wieder hinein, und nun können die beiden Zauberschüler sich die Katastrophe bei Licht ansehen.

Aristides Zauberkammer kommt Claire vor wie eine Tüte mit bunten Gummidrops. Jedes Möbelstück hat eine andere Farbe: Der große alte Holzschrank mit den Zutaten ist korallenrot, der Schreibtisch violett, ein Sessel ist hellgrün und der andere nachtblau.

Claire versucht mit ihrem Ärmel den Rahmen von Urgroßvater Septimus' Gemälde abzureiben. Der hat sich nämlich pflaumenlila verfärbt. Doch die Farbe lässt sich nicht einfach wegwischen. Sie haftet so fest auf ihrem Untergrund wie Madame Fournets Gebiss an ihrem Gaumen. Und die alte Madame Fournet kann mit ihren falschen Zähnen sogar Haselnüsse knacken.

Das Schlimmste aber ist, dass auch Claire und Rafael von oben bis unten mit Farbe überzogen sind.

Claire schrubbt sich eine volle Stunde in ihrem Badezimmer mit der Duschbürste. Rafael tut dasselbe in Aristides Badezimmer. Hinterher sehen die beiden aber immer noch aus, als hätte man sie durch die gesammelten Tuschkästen einer Grundschulklasse gezogen.

Müde lassen sie sich auf das Sofa im Wohnzimmer fallen.

»Hoffentlich hat der Schutzzauber trotzdem funktioniert.« Claire gähnt. »Dann kann Gargoll das Bild jetzt nicht mehr so einfach aus dem Museum stehlen.« Gleichzeitig überlegt sie, dass der Diebstahl von einem so bekannten Gemälde natürlich sowieso nicht einfach ist. Schließlich ist der Louvre einer der am besten gesicherten Orte der Welt. Doch für einen Zauberer sind Sicherheitsbarrieren und Alarmanlagen eben kein unüberwindbares Hindernis. Nur ein guter Schutzzauber, der ist nicht so einfach zu knacken …

Claire und Rafael haben jedenfalls getan, was sie konnten. Jetzt trinken sie Pfefferminztee und essen heiße Mikrowellen-Crêpes mit Schokoladensoße. Sie unterhalten sich noch eine ganze Weile. Dann fallen zuerst Rafael und gleich danach auch Claire die Augen zu.

10. Kapitel

in dem Fantin in Wackelpudding badet

Am nächsten Morgen erwacht Claire davon, dass jemand laut auf der Straße herumzetert. Es ist Madame Simon. Sie regt sich wieder einmal schrecklich darüber auf, dass ihr Mann seine Socken über den Toaster gehängt hat.

Monsieur Simon leidet an Schweißfüßen. Und weil seine Füße in den nassen Strümpfen leicht kalt werden, hängt er sie, die Socken, zum Trocknen auf. Aber Madame Simon hat schon recht. Den Toaster müsste er dafür wirklich nicht benutzen.

Weil Claire nun sowieso nicht mehr einschlafen kann, zieht sie ihre Jacke über das Nachthemd und schlüpft in Hausschuhen auf die Straße. Monsieur Bonnet ist auch schon auf den Beinen. Verblüfft starrt er ihr entgegen. Claire grüßt ihn freundlich. Sie bezahlt dem Mann am Kiosk drei Euro dreißig für die Morgenzeitung. Dass sie immer noch aussieht wie ein farbiges Streifenhörnchen, hat Claire vergessen. Im Moment gibt es Wichtigeres, über das sie nachdenken muss. Die Zeitung vermeldet nämlich in großen Buchstaben:

MONA LISA HEUTE NACHT
AUS DEM LOUVRE GESTOHLEN

Vor Schreck verschluckt Claire sich fast an ihrer eigenen Spucke. Wie kann das sein? Rafael und sie haben doch die ganze Nacht an dem Schutzzauber gearbeitet!

Aufgeregt stürmt Claire zurück ins Haus. Im Flur stiefelt sie aus Versehen mitten durch Gabriel hindurch. Der ist gerade eben aufgewacht und schwebt schläfrig durchs Haus.

»He!«, beschwert sich der kleine Geist. Dabei kann er eigentlich gar nichts spüren. Claire dafür aber schon. Mit beiden Händen fährt sie über ihr Gesicht. Doch auch wenn es sich anfühlt, als habe ihr gerade jemand eine kalte Quarktorte ins Gesicht gedrückt, ist da natürlich nichts, was sie fortwischen könnte.

»Was soll das denn?«, fragt sie ärgerlich.

Gabriel will gerade zur Gegenbeschwerde ausholen, da bemerkt er Claires sonderbare Bemalung.

»Ist heute Karneval?«, will er wissen.

»Nein, heute ist kein Karneval«, brummt Claire. »Ich habe nur gezaubert.« Sie läuft weiter ins Wohnzimmer, Gabriel im Schlepptau.

Rafael schnarcht noch immer in aller Ruhe auf dem Sofa.

»Was macht der denn hier?«, fragt Gabriel erschrocken, doch dann muss er grinsen. »Der sieht ja genauso bescheuert aus wie du.«

»Sei nett zu ihm«, mahnt Claire.

Natürlich hat sie Gabriel bereits alles über ihren Einbruchsversuch bei den Bellesons erzählt. Und sie hat ihm auch erklärt, dass Rafael ihr Buch gar nicht stehlen wollte. Trotzdem ist der kleine Geist noch misstrauisch. Immerhin hat er von Aristide nur Schlechtes über die Bellesons gehört.

Claire rüttelt vorsichtig an Rafaels Schulter.

»Hallo, aufwachen!«

Sie hält ihm die Zeitung unter die Nase. Als Rafael schließlich die Augen aufschlägt, dauert es nur zwei Sekunden, dann schießt er senkrecht in die Höhe.

»Was? Aber wieso denn? Wir haben doch …«

»Ich weiß«, sagt Claire. »Aber anscheinend ist unsere Zauberei schiefgegangen.«

»Erklärt mir mal jemand, worum es geht?«, fragt Gabriel.

»Gleich«, sagt Claire. »Erst will ich den Artikel lesen.« Im Schneidersitz hockt sie sich auf einen Sessel.

»*Mona Lisa* heute Nacht aus dem Louvre gestohlen«, liest sie vor.

Sensationeller Raub: Aus dem Pariser Museum Louvre wurde heute Nacht das bekannteste Gemälde gestohlen.

Die *Mona Lisa*, das berühmte Bild des Malers Leonardo da Vinci, hängt nicht mehr an seinem Platz.

Der Museumsdirektor Monsieur Dumont entdeckte den Diebstahl auf seinem morgendlichen Rundgang.

Bis jetzt gibt es noch keinen Hinweis auf den oder die Täter. Es wurden weder

Einbruchsspuren noch Fingerabdrücke entdeckt.

Monsieur Larue von der Polizei sagt: »Dieser Einbruch grenzt an Zauberei!«

Viele Experten fragen nun, ob der Louvre nicht sicher genug ist. Lesen Sie zum Thema »Sicherheit im Louvre« den nächsten Artikel. Eine Mitarbeiterin unserer Redaktion ...

Claire lässt die Zeitung sinken.

»Es war Gargoll, nicht wahr?«

»Kann mir bitte *jetzt* jemand erklären, worum es geht?«, fragt Gabriel.

»Natürlich war es Gargoll«, sagt Rafael. »Aber wieso hat unser Zauber nicht gewirkt?«

»Haallooo!«, brüllt Gabriel.

Claire verdreht genervt die Augen. Trotzdem wendet sie sich Gabriel zu und klärt ihn in knappen Sätzen über die Ereignisse der letzten Nacht auf.

»Ihr hättet Aristide fragen müssen.« Gabriel verschränkt die kleinen blauen Arme vor der Brust. »Schließlich seid ihr beide nur Zauberschüler. Ist doch klar, dass da alles in die Hose geht.«

In Gedanken pflichtet Claire ihm bei. Ihrem Vater wäre so etwas bestimmt nicht passiert. Er war ein viel besserer Zauberer, als sie es jemals sein würde.

»Wenn ihr ihn schon gestern Nacht nicht eingeweiht habt, dann tut es jetzt«, fordert Gabriel. »Vielleicht kann er euch ja wenigstens sagen, wie ihr diese Kriegsbemalung wieder loswerdet.«

Claire kaut an ihren Fingernägeln. Sie ist nervös. Aristide wird ein Riesentheater machen, weil sie mit Rafael gezaubert hat. Und weil der Zauber so missglückt ist.

»Gabriel hat recht«, sagt Rafael. »So wie ich aussehe, kann ich sowieso nicht auf die Straße gehen. Und allein bekommen wir das Zeug nie wieder ab.«

Claire seufzt. Tief und sorgenvoll. Aber dann steht sie auf. Sie schiebt die Terrassentür zur Seite und betritt mit Rafael den Garten.

Diesmal dauert es eine Weile, bis die vier Steingesichter sich vollständig in der Mauer einfinden. Claire wird mit jeder Sekunde nervöser. Sie tritt von einem Fuß auf den anderen.

Und dann, als die vier Vorfahren endlich ihre Nasen in den Garten recken, plappert Ururgroßvater Leopold mal wieder als Erster drauflos.

»Du siehst heute aber hübsch aus, Claire. Wie eine Blume.« Er lächelt freundlich.

Aristide dagegen zieht ärgerlich seine Augenbrauen zusammen.

Am liebsten würde Claire jetzt nach Rafaels Hand greifen, doch das traut sie sich nicht.

»Claire?«

Man hört Aristide deutlich seine schlechte Laune an.

»Was macht dieser Junge in unserem Garten? Und warum seht ihr beide aus wie explodierte Ostereier?«

»Das ist etwas … kompliziert«, beginnt Claire zögernd.

Als ihr Vater erfährt, wer der Junge zu ihrer Rechten ist, will er vor Wut am liebsten aus der Gartenmauer springen.

»Raus!«, brüllt er wild. »Raus mit dem Belleson! Der will nur mein Buch stehlen, genau wie sein Vater, dieses faule Ei!«

»Maulbeerbrei?«, fragt Ururgroßvater Leopold.

Rafael bemüht sich, Aristide zu versichern, dass er das Zauberbuch der Delunes bestimmt nicht stehlen will. Und auch Urgroßvater Septimus redet beschwichtigend auf Aristide ein.

Irgendwann beruhigt der sich dann so weit, dass Claire von Gargoll, der *Mona Lisa* und dem Zauberversuch der letzten Nacht berichten kann.

»Schrauber?«, fragt Leopold, als Claire fertig ist.

»NEIN, ZAUBER!«, brüllt sie. »SCHUTZZAUBER!«

Aristide schnaubt verächtlich. »Das, was ihr da verzapft habt, war doch kein Schutzzauber. Erstens habt ihr den falschen Zauber ausgewählt: den Schutzzauber für Menschen und Tiere nämlich. Ihr hättet den für die unbelebten Dinge nehmen müssen. Und dann muss man einen Schutzzauber um Punkt sieben Uhr am Morgen beginnen, und er dauert genau bis um sieben Uhr morgens des nächsten Tages. Hast du denn gar nichts bei mir gelernt, Claire?«

»Jetzt ist es sowieso zu spät«, brummt Großvater Nikolas. »Das Bild ist schließlich weg.«

»Aber wir können dem alten Glatzkopf das Gemälde doch nicht einfach überlassen«, sagt Septimus. »Wer weiß, was er damit anstellt.«

»Stimmt«, sagt Nikolas. »Diesen Gefühlszauberern ist nicht zu trauen. Mit denen hatten wir schließlich schon immer unsere Probleme.«

Septimus lacht auf. »Du vor allem mit Gaspard. Ich weiß

noch genau, wie du einmal heulend aus der Schule gekommen bist, weil er dir einen Salamander in die Unterhose gezaubert hat.«

»Gaspard war ein Scharlatan«, knurrt Nikolas. »Und sein Sohn ist wahrscheinlich nicht besser.«

»Na ja, Felistin ist eher eine Memme«, sagt Aristide verächtlich. »Außerdem ist das doch keine Zauberei, was diese Familie da betreibt. Das ist ganz einfach Gefühlsduselei.«

»Aber wie bekommen wir das Bild denn jetzt wieder?«, fragt Claire, um das Gemecker der Vorfahren zu unterbrechen. »Gibt es einen Zauber, mit dem wir das Gemälde ins Museum zurückbringen können?«

Aristide schüttelt tadelnd den Kopf. »Nein. Dinge, die im Besitz eines Zauberers sind, können nicht einfach hergezaubert werden. Erstens ist das verboten und zweitens höchst kompliziert. Unsere einzige Chance ist, das Gemälde so schnell wie möglich zurückzustehlen.«

»Und wenn Gargoll es inzwischen selbst mit einem Schutzzauber belegt hat?«, fragt Rafael.

Aristide starrt ihn ungläubig an. »Habt ihr nicht zugehört? So ein spezieller Zauber benötigt ganze vierundzwanzig Stunden. Wenn Gargoll die *Mona Lisa* gestern Nacht erst gestohlen hat, kann der Schutzzauber noch gar nicht wirken.«

»Aber wir müssen uns beeilen«, sagt Claire. »Spätestens heute Nacht müssen wir die *Mona Lisa* zurückholen. Sonst kann es zu spät sein.«

»Und wenn Gargoll das Gemälde vorher zerstört?«, wendet Rafael ein.

»Tja.« Aristide rümpft die Nase. »Wärt ihr eher zu mir gekommen, hätte Gargoll das Bild gar nicht erst bekommen. Die alte Leberwurst hätte ich mit links fertiggemacht. Der hat schon als Kind nicht viel auf dem Kasten gehabt, der alte Stimmungspupser.«

»Da habt ihr ein ganz schönes Schlamassel angerichtet«, sagt Nikolas zu Claire und Rafael.

»Kellerassel?« Leopold, der Arme, ist inzwischen vollkommen verwirrt.

»SCHLAMASSEL!«, brüllt Nikolas.

»Nun seid nicht so streng«, sagt Septimus. »Die Kinder haben es doch nur gut gemeint.«

Aristide lässt sich aber nicht beirren: »Gut gemeint hin oder her«, brummt er und sieht Claire streng an. »Jetzt zauberst du dir erst einmal diese albernen Farben aus dem Gesicht. Das sieht ja grässlich aus. Seite 1324. Aber pass mir auf den Belleson auf, dass er die Finger von unserem Buch lässt!«

»Was zum Kuckuck …?!«

Fassungslos betrachtet Gargoll das Gemälde vor sich auf dem Tisch. Jahrelang hat er auf diesen Augenblick gewartet.

Und nun das!

Am liebsten möchte er das Bild nehmen und einfach über dem nächstbesten Möbelstück zerschmettern.

Doch das tut er nicht.

»Denk nach, Felistin. Denk nach!«, spornt er sich an. »Wo liegt der Fehler?«

Vor Beginn des Zaubers hat Gargoll die Kästchen mit den Zutaten sorgfältig geordnet. Drei Mal ist er die Zutatenliste durchgegangen, um sicherzugehen, dass er auch nichts vergessen hat. Der Zauber war anstrengend. Die vielen Gefühle, die er über seinem schwarzen Onyxstein ausgießen musste …

Dabei durfte er keinen Augenblick lang die Konzentration verlieren. Und das hat er auch nicht.

Alles ist nach Plan verlaufen.

Wo also liegt der Fehler?

Nach einer kleinen Zauberei mit Petersilienwurzel, einem Vampirzahn, Nashornohrenschmalz und Mandelbutter haben Claire und Rafael endlich ihre normale Gesichtsfarbe wieder. Auch die Zauberkammer sieht aus wie früher.

Aristide hat Claire zwei Stunden Zeit eingeräumt, um einen Plan zur Lösung des »Mona-Lisa-Problems« auszuarbeiten. Danach soll sie im Garten Bericht erstatten.

Trotz der knappen Zeit rührt Claire erst mal Kakao an und holt die Kekse aus dem Schrank. Ohne Süßes kann sie nicht denken.

Tante Odette kommt in die Küche getrippelt, als sie die Keksdose klappern hört. Claire richtet einen kleinen Teller mit Spritzgebäck und Walnusskeksen für die Tante her und überlegt, ob sie

Odette vielleicht in ihr Problem einweihen sollte. Schließlich sind vier Köpfe meist schlauer als drei.

»Tante Odette, wir haben …«

»Was ist denn das?«, ruft die Tante da aus. Mit ihrem dürren Zeigefinger deutet sie in Richtung Garten. »Ein *Hyla arborea*. Wie kommt der denn hierher?«

Verdutzt beobachtet Claire, wie Tante Odette mit unerwarteter Schnelligkeit in Richtung Terrassentür sprintet. Ächzend schiebt sie die Glastür auf, stiefelt in den Garten und kommt mit einem quietschgrünen Fröschlein zurück, das sie behutsam in beiden Händen transportiert.

»Ein *Hyla arborea*«, wiederholt sie und hat vor Aufregung ganz rosige Wangen bekommen. »Ein Laubfrosch. Bestimmt ist er bei diesen Temperaturen vollkommen ausgetrocknet.« Verträumt blickt die Tante auf den Frosch und trägt ihn vorsichtig den Flur zu ihrem Zimmer hinunter.

Claire stellt enttäuscht den Teller mit den Keksen auf den Tisch, und Rafael klickt nervös mit einem Kugelschreiber. Er hat die Küchenuhr im Blick und will endlich mit der Krisensitzung wegen der *Mona Lisa* beginnen.

»Zuerst müssen wir herausbekommen, wo Gargoll das Gemälde versteckt hat«, sagt er.

Claire nickt. Sie versucht sich auf ihr Problem zu konzentrieren. »Das stimmt. Einer von uns muss in der Mühle nachsehen.«

Gabriels Arm schnellt in die Höhe. »*Ich* kann das machen!«, ruft er. »Ich, ich, ich!«

»Du kannst das nicht machen«, sagt Claire. »Was ist, wenn Gargoll dich bemerkt?«

Gabriel lässt sein Ärmchen sinken und schiebt seine Unterlippe vor.

»Aber *wir* können es auch nicht machen«, gibt Rafael zu bedenken. »Wir sind nämlich noch auffälliger als Gabriel.«

»Ja, aber wer dann?«, fragt Claire.

Rafael denkt nach. »Fantin! Er ist klein und schnell. Und sollte Gargoll ihn doch entdecken, ist das auch nicht so schlimm. Ein Siebenschläfer kann sich schließlich durchaus mal in eine Wohnung verirren.«

»Aber *dein* Siebenschläfer trägt einen Schal und eine Baskenmütze«, sagt Claire.

»Die Sachen kann er ja ausziehen.«

»Na gut.« Claire muss zugeben, dass Rafaels Vorschlag nicht der schlechteste ist. »Also, Fantin steigt in die Mühle ein und sagt uns, wo das Bild ist. Wie geht es dann weiter?«

Die drei stecken so konzentriert ihre Köpfe zusammen, dass die Luft in der Küche von der Nachdenkerei ganz dick und rauchig wird. Doch nach zwei Stunden haben sie tatsächlich einen brauchbaren Plan ausgetüftelt, den sie den Vorfahren in der Mauer präsentieren können. Nach längerem Hin und Her erklären die sich dann auch tatsächlich damit einverstanden.

Rafael verabschiedet sich. Er muss noch einiges erledigen und zu Hause fleißig auf seiner Geige üben. Auch Claire hat noch allerhand in Aristides Zauberkammer vorzubereiten. Die beiden verabreden sich für Punkt elf Uhr am Abend. Ihre Operation muss nämlich in der Dunkelheit durchgeführt werden.

Eine Dreiviertelstunde vor der verabredeten Zeit zieht Claire ihr orangefarbenes Kleid mit dem weißen Rüschenkragen an. Sie nimmt den großen Koffer in die Hand und verlässt mit Gabriel in der Tasche das Haus. Zurücklassen kann sie den kleinen Geist nicht. Er will sich dieses Abenteuer auf keinen Fall entgehen lassen.

Die Fahrt in der U-Bahn ist ziemlich lang, diesmal allerdings wenig aufregend. Gabriel verhält sich ruhig, weil Claire ihm wegen der Pupserei vom letzten Mal ordentlich ins Gewissen geredet hat. Ihr gegenüber sitzt eine kleine Madame und strickt an einem Ringelschal. Claire schaut auf die klappernden Stricknadeln und versinkt dabei zum Glück so sehr in Gedanken, dass sie gar nicht mitbekommt, wie der Monsieur neben ihr einen dicken Popel an seinem Sitz abschmiert.

Ihre Haltestelle ist die Endstation. Die wenigen Fahrgäste, die noch übrig geblieben sind, steigen aus. Und da entdeckt Claire auch schon Rafael auf dem Bahnsteig. Er trägt einen schwarzen Pullover, eine schwarze Hose, und auf seiner linken Schulter hockt der Siebenschläfer Fantin. Als Claire näher kommt, streckt das kleine Tier ihr höflich eine Pfote entgegen.

»Bonjour, Madame. Darf isch misch vorschtellen? Isch heiße Fantin.« Er vollführt eine kleine Verbeugung.

Claire schaut sich um. Die Fahrgäste aus der U-Bahn haben mittlerweile allesamt den Bahnsteig verlassen. Sie sind allein. Deswegen traut sie sich, Fantin das Pfötchen zu schütteln.

»Isch muss misch noch bei Ihnen entschüldigen«, murmelt Fantin, während er Claire einen zarten Kuss auf die Hand haucht. »Dafür, dass isch misch beim letzten Mal nischt bei Ihnen vorgestellt habe. Aber die Sitüation war etwas, wie sagt man … ünbe'aglisch?«

»Bonjour«, erwidert Claire und versichert: »Das macht doch nichts.« Einen so vornehmen Siebenschläfer hat sie noch nie kennengelernt. »Schön, dass du, äh … dass Sie uns bei dieser Sache helfen wollen«, stottert sie.

Fantin schlägt sich ritterlich vor die Brust. »Nischts würde misch davon ab'alten, Madame.«

»Können wir jetzt los?«, fragt Rafael etwas genervt. Ungeduldig dreht er eine schwarze Wollmütze in den Händen.

Claire nickt. Eilig machen sie sich auf den Weg. Von der Metrostation müssen sie noch eine Weile laufen, bis sie endlich die alte Mühle erreichen. Die steht einsam an einem verlassenen Feldweg. Hier gibt es keine Straßenlaternen wie in der Stadt. Nur das Mondlicht beleuchtet den Weg. Claire gruselt es ein wenig, doch dann händigt sie Rafael entschlossen die Umhängetasche mit Gabriel aus. Bei dem, was sie vorhat, kann Claire keinen Geist in der Tasche gebrauchen.

»Vergiss nicht, mir das Zeichen zu geben«, erinnert Rafael sie und streckt seinen Daumen in die Höhe. Dann zieht er die schwarze Mütze über. Es ist eine Skimaske, die, abgesehen von Augen und Nase, sein gesamtes Gesicht bedeckt. Die Verkleidung war gar nicht abgesprochen, aber Claire ist begeistert von Rafaels Tarnung.

Jetzt wendet er sich der Mühle zu. Seine Geige hängt ihm an einer dicken Kordel über den Rücken. Konzentriert legt er die Hände auf einen der reglosen Windmühlenflügel und beginnt, an ihm hinaufzuklettern. Meter um Meter arbeitet er sich in die

Höhe. Natürlich hat er am Nachmittag noch den Zauber gegen Höhenangst durchgeführt. Sonst würde er jetzt vermutlich bereits am ganzen Leib zittern und weder vor noch zurück können. Doch so ist das Klettern für ihn kein Problem. Er kommt bei einem erleuchteten Fenster an. Vorsichtig lugt er hinein.

»Die Luft ist rein«, flüstert er dem Siebenschläfer zu.

Rafael zupft drei Saiten seiner Geige, und schon springt das Fenster auf. Anschließend hält er die Hand an seine Schulter, sodass Fantin auf ihr Platz nehmen kann. Er hebt das kleine Pelztier auf das Fensterbrett.

»Aber mach schnell«, raunt er. »Du siehst nur nach, wo das Bild ist. Dann kommst du sofort wieder zurück.«

Fantin nickt. Er macht ein ernstes Gesicht.

»Natürlisch, Monsieur Rafael. Sie können sisch ganz auf misch verlassen.« Flink verschwindet er in Gargolls Wohnzimmer. Rafael sieht ihm unsicher nach. Er kann beobachten, wie Fantin in das angrenzende Zimmer huscht.

Jetzt heißt es Warten.

»Was ist denn? Sind wir schon da?« Gabriel schiebt neugierig sein Köpfchen aus der Umhängetasche.

»Ja«, flüstert Rafael. »Wir sind schon oben.« Er blickt in die Tiefe. Da steht Claire mit dem großen braunen Koffer. Sie wartet auf sein Zeichen. Doch Rafael kann es ihr nicht geben, denn von Fantin fehlt noch jede Spur.

Die Minuten verstreichen quälend langsam. Endlich bemerkt Rafael einen dunklen Punkt. Er saust über den Holzfußboden auf ihn zu.

Es ist Fantin.

Der kleine Siebenschläfer springt über einen Bücherstapel, klettert auf einen roten Holztisch und von dort auf die Fensterbank. Rafael streckt ihm helfend seine Hand entgegen.

Gerade, als Fantin ihn erreicht, vernimmt Rafael schwere Schritte in der Wohnung. Er schnellt zurück und lässt Fantin in die Tasche zu Gabriel gleiten. Platt wie ein Seerosenblatt presst er sich an den Windmühlenflügel.

»Warum steht denn das vermaledeite Fenster offen?«, hört Rafael eine brummige Stimme. Genau in diesem Moment steckt Gargoll seinen Kopf hinaus in die Nacht. Seine Glatze schimmert im Mondlicht, und die Hakennase wirft einen spitzen Schatten.

Zum Glück entdeckt der Alte Rafael in der Dunkelheit nicht. Schließlich hat der sich gut getarnt. Claire, die auf dem dunklen Feldweg wartet, kann Rafaels schwarze Gestalt in der Dämmerung auch kaum erkennen.

Gargolls Kopf verschwindet, und das Fenster schlägt zu. Schnell öffnet Rafael die Tasche, um Fantin daraus zu befreien.

»Igitt, igitt, igitt!« Der Siebenschläfer fährt sich wild mit den Pfoten durch das Fell.

»Mussten Sie misch zu diesem … diesem Wackelpüdding in die Tasche tün?«, fährt er Rafael an.

»Lieber Wackelpudding als so ’n altes Plüschsofa«, meckert Gabriel aus der Tasche.

»Hört auf zu streiten!«, zischt Rafael. »Das ist nicht der richtige Zeitpunkt. Erzähl mir lieber, was du gesehen hast, Fantin.«

Fantin ist immer noch abgelenkt. Doch nach ein paar Sekunden fängt er sich wieder und bekommt glänzende Augen.

»Isch habe etwas Einmaliges gese'en«, berichtet er.

»Du hast die *Mona Lisa* gefunden?«

»Einen Rothschild.«

»Einen was?«

»Einen Rothschild. Von achzehnhündertneunundneunzisch.«

»Du redest doch nicht etwa von Wein, oder?« Rafael versucht mühsam, seinen Ärger zu unterdrücken.

»Natürlisch!«, schwärmt Fantin, der Rafaels Unmut gar nicht zu bemerken scheint. Er fährt sich mit der Zunge über die Lippen. »Nur schade, dass isch ihn nischt probieren konnte.«

»Es geht hier aber nicht um blöden Wein!« Rafael ist wütend. »Was ist mit der *Mona Lisa*?«

»Ach die«, sagt Fantin. »Die habe isch bei dem glatzköpfigen Mann in der Zauberkammer gese'en. Die zweite Tür links auf dem Flür. Der Alte hat eine Menge grauer Kästschen neben dem Bild aufgestellt. Gerade, als isch um die Ecke bog, öffnete er eines und leerte es über einem großen schwarzen Stein. Es kam ein söltsames Seufzen heraus. Gruselisch.«

Rafael späht nachdenklich durch das geschlossene Fenster. »Gargoll arbeitet bestimmt gerade an dem Schutzzauber für das Bild«, vermutet er. Er will Fantin wieder in die Tasche zu Gabriel stecken, doch da quietscht der Siebenschläfer voller Empörung auf. Seufzend setzt Rafael ihn stattdessen auf seine Schulter. Nun kann er Claire endlich das ersehnte Zeichen geben. Dreimal schreit er wie ein Käuzchen in die Nacht.

»Kuwitt, kuwitt, kuwitt!« Und acht Meter unter ihm macht Claire sich auf den Weg zur Eingangstür der Mühle.

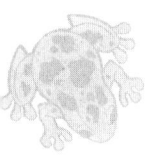

11. Kapitel

in dem Rafael erschrickt
und ein folgenschweres Missgeschick passiert

»Was soll das denn? Um diese Uhrzeit!«, schimpft der alte Gargoll, als die Türglocke schellt. Erst als sie ein zweites Mal ertönt, macht er sich auf den Weg. Bis zu seiner Haustür muss er sage und schreibe 187 Stufen hinabsteigen. Darauf hat er natürlich keine Lust.

»Ja, ja! Komme schon«, meckert er, als die Glocke sich erneut meldet.

Vor der Haustür steht ein Mädchen in einem apfelsinenfarbenen Kleid. Ihre braunen Locken lassen in Gargoll eine schöne Erinnerung aufsteigen. Die Erinnerung an ein anderes Mädchen, das er einmal vor langer Zeit gekannt hat. Doch Gargoll wischt die Erinnerung lieber fort.

»Ja bitte?«, brummt er.

»Bonsoir«, sagt Claire und erklärt, dass sie vom Friseursalon kommt. »Ich bringe die Perücken, die Sie bestellt haben.« Wegen der Schwindelei überkreuzt sie zwei Finger hinter ihrem Rücken.

Gargoll setzt eine noch finstere Miene auf.

»Ich habe bestimmt keine Perücken …«

Da tönen vom oberen Ende der langen Wendeltreppe einige helle Laute herab.

Rafael ist schon durch das Fenster in Gargolls Wohnung geklettert. Er steht oben am Treppenabsatz und zupft an seiner Geige.

Plötzlich sieht Gargoll ganz zerstreut aus. Er rubbelt verwundert seine Nase.

»Stimmt«, sagt er dann zu Claire. »Ich warte schon den halben Tag auf Sie. Sollen wir nach oben gehen?«

Claire schüttelt den Kopf. »Das können wir alles hier erledigen.« Sie ist froh, dass Rafaels Zauber wirkt. Bis zum nächsten Käuzchenschrei muss sie Gargoll nun ablenken, damit Rafael oben freie Hand hat.

Fachmännisch lässt sie ihren Koffer aufschnappen und zieht eine Reihe bunter Perücken hervor.

Rafael hat keine Ahnung, wie lange sein Zauber wirken wird. Vielleicht eine Stunde, vielleicht aber auch nur fünf Minuten. Gargoll kann schon bald wieder zu sich kommen. Das heißt: Rafael muss sich beeilen.

»Die zweite Tür links, Monsieur Rafael«, flüstert Fantin in sein Ohr. Als Rafael die Tür öffnet, erkennt er sofort die Rückseite einer Staffelei. Ein Bild mit einem breiten Rahmen steht darauf. Natürlich geht Rafael davon aus, dass es sich um die *Mona Lisa* handelt. Doch um das Gemälde anschauen zu können, muss er die Staffelei erst halb umrunden. Dabei fällt sein Blick auf die Kommode an der Wand. Ein großer schwarzer Stein ruht darauf, und daneben hat Gargoll jede Menge kleiner grauer Kästchen gestapelt.

»Der Kummer eines dreihöckrigen Kamels«, liest Rafael beim Nähertreten auf einem der Einsteckschildchen, und »Wutausbruch von Monsieur Fabron (Mathematiklehrer)« auf einem anderen.

Rafael würde zu gerne wissen, wie das mit der Stimmungszauberei genau funktioniert. Aber den alten Gargoll kann er wohl schlecht danach fragen. Und seinen Vater Baltasar schon gar nicht. Schließlich hält der von dieser Art zu zaubern überhaupt nichts.

»Monsieur Rafael, was ist?«, flüstert Fantin und reißt ihn damit aus seinen Überlegungen. Schnell wendet sich Rafael der Staffelei zu, sodass er der *Mona Lisa* nun direkt in ihr schönes Gesicht schauen kann. Nur ist der Anblick ganz und gar nicht der, den er erwartet hat. Vor Schreck weicht Rafael einen Schritt zurück. Fast verliert er das Gleichgewicht. Er rudert mit den Armen, und aus Versehen stößt er gegen eines der grauen Kästchen auf der Kommode.

Das Kästchen segelt zu Boden, der Deckel springt ab und ein lauter Jubel entweicht.

»Juchhuuuu!«

»Und, wie gefällt sie Ihnen?«, fragt Claire.

Gargoll trägt eine weißblonde Perücke mit langen Engelslöckchen und betrachtet sich in Claires Handspiegel.

»Ich weiß nicht recht«, sagt er zögernd.

Mit der langen Lockenpracht sieht er aus wie ein englischer Richter. Oder wie ein besonders hässlicher Weihnachtsengel.

»Juchhuuuu!«

Claire fährt zusammen. Der Schrei kam von oben aus der Wohnung. Schnell streckt sie Gargoll die nächste Perücke entgegen: eine Discofrisur mit roten und grünen Glitzerfäden. Doch es ist bereits zu spät.

Gargoll schüttelt sich wie ein nasser Hund. »Was, was, was?«, fragt er und sieht sich verwundert um. Wütend reißt er sich die weißblonde Perücke mit den langen Engelslöckchen vom Kopf.

»Was treibst du hier für ein Spiel, du kleines Biest?«, schreit er Claire an und stürmt ohne ihre Antwort abzuwarten in die Mühle und die Treppe hinauf.

Rafael bückt sich nach dem Kästchen. Er hebt es auf und stellt es zurück auf die Kommode. Er ist ausgerechnet gegen den *Freudenschrei einer ungarischen Nonne* gestoßen. Wenn nur Gargoll das Geräusch nicht gehört hat!

Entschlossen greift Rafael nach der *Mona Lisa*. Er wird das Bild trotzdem mitnehmen, so seltsam es auch aussieht.

»'inter Ihnen!«, kreischt Fantin in diesem Moment. Er hat Deprime entdeckt, Gargolls dicke Katze.

Als Siebenschläfer hat Fantin jede Menge Respekt vor Katzen. Dabei müsste er vor Deprime eigentlich keine Angst haben. Seit sie wieder regelmäßig Futter von Gargoll bekommt, macht sie um Mäuse, Siebenschläfer, Schaben und Frösche einen großen Bogen.

Rafael fährt erschrocken herum. Leider denkt er nicht an das Gemälde unter seinem Arm. Mit dem breiten Goldrahmen wischt er sämtliche Kästchen von der Kommode. Bereits im Fallen verlieren viele ihren Deckel, und augenblicklich ist die Mühle von einem ohrenbetäubenden Lärm erfüllt. Es klagt und seufzt und schreit und lacht.

Oh nein, oh nein, oh nein!, denkt Rafael.

Er taumelt mit der *Mona Lisa* durchs Zimmer. Wie ein Schwarm unsichtbarer Bienen summen die freigelassenen Gefühle um ihn herum. Eine der Stimmungen pikt Rafael in die Nase. Und von hinten sticht ihn etwas in den Po.

»Au!«, schreit er und rettet sich hastig in den Flur. Trotz des Lärms in der Mühle kann er jetzt hören, wie jemand die Treppe heraufstampft. Hastig will er ins Wohnzimmer und durch das geöffnete Fenster fliehen, doch wegen der surrenden, brummenden Stimmungen verliert er ganz die Orientierung. Verwirrt schwankt er zuerst ins Bad und dann in die Küche. »Rafael!«, hört er eine Stimme. Es ist Claire. Erleichtert will Rafael sich in ihre Richtung bewegen, da öffnet sich bereits die Wohnungstür. Mit donnerndem Schritt stürmt der alte Gargoll herein.

Claires Knie schlottern vor Schreck. Sie überlegt fieberhaft, was zu tun ist. Soll sie Gargoll folgen? Ihn erneut ablenken? Nein! Das würde sicher nicht mehr funktionieren. Sie muss nur schnell genug sein, dann kann sie Rafael vielleicht durch das Fenster warnen, noch bevor Gargoll die vielen Treppenstufen erklommen hat.

Trotz ihrer Butterknie nimmt Claire die Beine in die Hand und saust um die Mühle herum. So schnell es geht, klettert sie am Windmühlenflügel in die Höhe. Als sie gerade die Hälfte des Aufstiegs hinter sich gebracht hat, dringt ein furchtbares Gepolter zu ihr heraus. Ein Klagen, Seufzen, Schreien und Lachen – alles gleichzeitig.

Claire klettert hastig weiter, bis sie endlich Gargolls Wohnzimmerfenster erreicht.

Dort ist Rafael. Claire kann sehen, dass er das Gemälde unter dem Arm trägt. Doch anstatt sich zum Fenster zu retten, torkelt er ziellos durch den Flur.

Claires Herz hüpft wie ein Flummi.

»Rafael!«, zischt sie. »Rafael, hierher!«

Jeden Moment muss Gargoll alle 187 Stufen erklommen und die Wohnung oben in der Mühle erreicht haben.

»Rafael!«, ruft Claire noch einmal.

Diesmal scheint der Arme sie gehört zu haben. Zumindest schlägt er nun die richtige Richtung ein. Doch gerade als Rafael das Wohnzimmer betreten will, fliegt eine Tür auf. Gargoll stürmt herein. Vor Schreck kneift Claire die Augen zusammen. Sie hört, wie der Alte einen wütenden Schrei ausstößt. Von Rafael hört sie nichts, und als sie sich endlich traut, ihre Augen wieder zu öffnen, ist von ihm auch nichts mehr zu sehen.

Gebannt starrt Rafael in das wütende Gesicht von Gargoll. Er rechnet fest damit, in den nächsten Sekunden einen Schlag von seinen riesigen Pranken zu spüren. Unwillkürlich zieht er den Kopf ein, doch nichts geschieht. Stattdessen stürmt Gargoll an Rafael vorbei in seine Zauberkammer hinein.

»Wer war das? Wer hat das getan?«, brüllt der Alte, was Rafael noch mehr verwirrt. Schließlich hat Gargoll ihm gerade direkt gegenübergestanden. Und Rafael trägt die *Mona Lisa* unter dem Arm! Er sieht zu dem Gemälde an seiner rechten Seite hinab, und dann reißt er erschrocken die Augen auf. Dort ist keine *Mona*

Lisa mehr! Und was noch schlimmer ist: Auch sein Körper scheint verschwunden. Da ist kein Arm, kein Bein, keine Hand und auch kein Bauch mehr zu sehen.

»Monsieur Rafael, ge'en Sie schnell zum Fenster hinüber!«, klingt es in seinem Ohr.

Mit steifen Schritten durchquert Rafael das Wohnzimmer. Da ist Claire. Sie klammert sich an den Fensterrahmen. Sorgenvoll späht sie in die Wohnung hinein.

»Lass uns schnell abhauen«, flüstert Rafael ihr zu.

Claire zuckt erschrocken zusammen.

»Rafael?«, fragt sie ungläubig.

»Kletter runter«, flüstert Rafael. »Ich folge dir.«

Unten angekommen, spurtet Claire schnell in den Schutz einer riesigen alten Kiefer. Atemlos hockt sie sich vor den Stamm.

»Claire, kannst du mich sehen?«, keucht es neben ihr.

»Nein«, haucht Claire zurück. »Was ist passiert? Wieso bist du unsichtbar?«

»Ich weiß es nicht.« Rafael zittert am ganzen Leib. Er sieht dorthin, wo er seine Knie vermutet, doch erkennt nichts weiter als fahl beleuchteten moosigen Boden.

»Hast du die *Mona Lisa*?«, fragt Claire.

Rafael nickt und vergisst dabei ganz, dass Claire es gar nicht sehen kann.

»Rafael?«

»Hm?«

»Ob du die *Mona Lisa* hast?«

»Ja, sag ich doch«, murrt Rafael.

»Monsieur Rafael, was ist mit uns gesche'en?«, meldet sich Fantin zu Wort. Auch von dem Siebenschläfer ist nichts zu sehen. Nicht einmal ein winziges Fellbüschelchen.

»Am besten, wir fahren zurück zu mir nach Hause«, schlägt Claire vor und steht auf. »Aristide weiß bestimmt, was zu tun ist.« Sie bemüht sich, ganz gelassen zu klingen, doch eigentlich ist sie nichts weniger als das.

Helfend streckt sie eine Hand nach Rafael aus. Er greift danach, obwohl sich Claire um mindestens einen halben Meter verschätzt hat.

Als Gargoll das Fehlen der *Mona Lisa* bemerkt, wütet er in seiner Wohnung wie ein wild gewordener Eber. Es ist ihm sofort klar, dass hier kein normaler Einbruch stattgefunden hat. Jemand wusste genau, wo sich das Bild befand. Die Polizei oder Menschen, die der Magie nicht mächtig sind, kann Gargoll deshalb ausschließen. Sie wären nie darauf gekommen, dass sich das Bild bei ihm befand, und hätten seiner Spur nicht folgen können. Schließlich hat Gargoll sie gründlich verwischt.

Und dann dieses Mädchen mit den Perücken …

Nein, hinter dem Diebstahl muss ein Zauberer stecken.

Gargoll kocht vor Wut.

Aristide Delune oder Baltasar Belleson, denkt er.

Seine beiden Erzfeinde. Wer sonst?

Am liebsten will Gargoll sofort losstürmen. Doch bevor er sich das Bild zurückholen kann – und er würde es sich zurückholen – muss er unbedingt die Stimmungen wieder einfangen, die immer noch ziellos durch seine Wohnung irren. Er kann nicht zulassen, dass sie entkommen. Dafür sind sie viel zu wertvoll. Viele davon hat er in fernen Ländern und oft unter großer Gefahr gesammelt.

Wütend fährt Gargoll sich mit der Hand über die Glatze. Das wird ein hartes Stück Arbeit für ihn werden. Gefühle lassen sich nicht so leicht fangen wie Fliegen. Gargoll muss sie einatmen, um sie wieder in ihre Kästchen zu verfrachten. Und natürlich weiß er, dass das Inhalieren von so vielen Stimmungen für ihn nicht ungefährlich ist.

Erneut denkt er an seinen Urgroßvater Emil Gargoll. Das Missgeschick seines Vorfahren darf sich auf keinen Fall wiederholen. Gargoll muss sehr konzentriert arbeiten. Er muss alle Gefühle sofort wieder vollständig hinausatmen, damit sie in seinem Inneren keinen Schaden anrichten können.

Mit geradem Rücken stellt der Alte sich in die Mitte des Raums. Er versucht seine Gedanken zu ordnen, versucht die beiden Schurken Aristide Delune und Baltasar Belleson für den Moment aus seinem Kopf zu verbannen.

Da saust auch schon das erste Gefühl heran. Es ist die *Ruhe eines buddhistischen Mönchs*. Das kommt Gargoll gerade recht. Mit einem tiefen Atemzug saugt er den unsichtbaren Ausreißer ein. Nun muss er ihn nur noch in das passende Kästchen hineinblasen.

12. Kapitel

in dem es um das Kleingedruckte geht

Claire und Rafael laufen zur Metrostation. Die zweite Bahn, die heranrollt, fährt in die richtige Richtung. Der unsichtbare Rafael drückt sich dicht an die Wand des Abteils, damit niemand aus Versehen über ihn stolpert.

Drei Stationen lang bleibt alles ruhig, doch dann bemerkt Claire plötzlich ein Flackern: Es ist Rafaels kleiner Finger. Als hätte er einen Wackelkontakt, blitzt der Finger in kurzen Abständen immer wieder auf, bis er schließlich endgültig sichtbar wird.

»Schnell, Rafael, wir müssen aussteigen!«, zischt Claire. Darüber wundert sich der Monsieur mit dem Pferdegebiss, der Claire gegenübersitzt.

»Aber ich heiße doch Balduin«, sagt er verwirrt.

Claire beachtet ihn gar nicht. Sie ist bereits aufgesprungen. An der nächsten Haltestelle verlässt sie die Bahn, was sicher besser so ist. Wer weiß, wie die Fahrgäste der Metro reagieren würden, wenn sich vor ihren Augen plötzlich ein schwarzhaariger Junge aus dem Nichts materialisieren würde.

Claire, Rafael, Fantin und Gabriel eilen aus der Metrostation

126

und verstecken sich hinter einer geschlossenen Pizzabude im fünften Bezirk.

Im Licht einer Straßenlaterne erscheinen nach und nach Rafaels rechter Arm, sein linkes Bein, hier ein Fuß und da eine Schulter. Nur sein Kopf lässt lange auf sich warten. Als endlich sein rechtes Ohr erscheint, findet Claire die Unterhaltung mit Rafael plötzlich ziemlich seltsam. Vielleicht weil sie noch nie zuvor nur mit einem Ohr gesprochen hat.

Rafael, der inzwischen gar nicht mehr beunruhigt ist, macht dagegen lauter Scherze. Er stellt sich an die Regenrinne der Pizzabude und lässt sein einsames Ohr darauf entlangrutschen. Gabriel kann gar nicht genug davon bekommen. Doch irgendwann sind tatsächlich der ganze Rafael und der ganze Fantin wieder von Kopf bis Fuß sichtbar. Auch seine Beute kann Rafael nun endlich Claire zeigen. Der erste Anblick der *Mona Lisa* ist für sie genauso verwirrend wie für ihn.

»Was ist denn mit der passiert?«, fragt sie ganz bestürzt.

»Keine Ahnung.« Rafael zuckt mit den Schultern. »Ob Gargoll sie gestohlen hat, um sie so zu verunstalten? Aber warum?«

Eine Weile blicken sie stumm auf das Gemälde, genauer auf den Mund der *Mona Lisa*. Statt des geheimnisvollen Lächelns zeigt der jetzt nämlich einen dicken unschönen Schmollmund.

Fantin winkt mit seinem Pfötchen ab.

»Ach, Mademoiselle Claire, Monsieur Rafael. So ein kleines Läscheln ist doch nischt von Bedeutung.«

»Ich finde schon«, sagt Claire. »Die Mona Lisa ohne ihr Lächeln, das ist ja wie … wie Spaghettieis ohne Erdbeersoße oder … wie die Sphinx ohne Nase.«

»Aber die Sphinx hat ja wirklich keine Nase mehr«, klugmeiert Gabriel aus der Tasche.

»Stimmt«, sagt Claire. »Aber es wäre doch wohl besser, wenn sie noch eine hätte, oder etwa nicht?« Voller Sorge betrachtet sie das Gemälde. »So ein Mist!« Sie verpasst dem Abfalleimer neben der Pizzabude einen ordentlichen Tritt, obwohl der am wenigsten dafür kann.

Rafael und Claire sind sich einig, dass es das Beste ist, auf dem schnellsten Weg zu Claire nach Hause zu fahren. Nur Fantin hat andere Pläne. Er ist müde, was nicht verwunderlich ist, schließlich ist er ein Siebenschläfer. An der Metrostation steigt er in den ersten Wagen, der einrollt, und fährt in die Rue Tordu, um sich dort auszuruhen. Claire, Rafael und Gabriel, selbst reichlich erschöpft, fahren in Richtung Rue Marrant, wo sie eine ziemliche Überraschung erwartet: Die Vorfahren in der Gartenmauer sind gar nicht verwundert, als Rafael ihnen das Bild mit dem Schmollmund präsentiert.

»Wir wissen es schon«, platzt Aristide heraus, kaum dass die Mauer die vier Steingesichter preisgegeben hat.

»Woher?«, fragt Claire.

»Die Katze von Monsieur Chevalier war hier«, sagt Septimus, womit die Sache klar ist. Die Katze von Monsieur Chevalier ist eine schrecklich neugierige Tratschtante.

»Sie sagt, sie hätte bei einem Ausflug aufs Land mit ihrem Herrchen Gargolls Katze getroffen. Und die hat gemeint, das Bild hätte bereits nach dem Diebstahl aus dem Louvre so ausgesehen.«

In Claires und Rafaels Augen stehen jede Menge Fragezeichen.

»Heißt das, Gargoll hat den Schmollmund gar nicht gezaubert?«, fragt Claire. »Aber wer dann?«

Leopold lacht wie eine alte Bergziege.

»Na, ihr natürlich«, sagt er fröhlich.

Jetzt verstehen Claire und Rafael noch nicht einmal mehr Bahnhof. Auch die drei Steinköpfe neben Leopold drehen sich verwundert in seine Richtung. Niemand ist es gewohnt, dass Leopold viel mehr sagt als »Hm?« oder »Wie bitte?«.

»Wie meinst du das?«, fragt Septimus.

»DER SCHUTZZAUBER IST SCHULD!«, erklärt Leopold. Er brüllt ein bisschen, vermutlich kann er sich selbst so besser hören.

»Ich habe so etwas schon einmal erlebt. In Holland damals. Das war im Jahr … Wann war das noch gleich?« Er scheint nachzuzählen, aber Nikolas wird ungeduldig.

»Ist doch egal«, fährt er Leopold an. »Sag einfach, was passiert ist.«

»DAS MÄDCHEN MIT DEM PERLENOHRGEHÄNGE!«, schreit der Ururgroßvater, und wieder schauen alle verwundert.

»DAS IST EIN GEMÄLDE!«, brüllt er. Wahrscheinlich hält er seine Verwandten gerade für schreckliche Kunstbanausen.

»Das Mädchen auf dem Bild hat damals plötzlich geweint, und keiner wusste, wie es dazu kam.«

»Davon habe ich noch nie gehört«, sagt Aristide.

»Damals gab es ja auch noch kein Internet«, gibt Leopold etwas leiser zu bedenken, und Claire ist noch erstaunter. Nie im Leben hätte sie gedacht, dass Leopold überhaupt weiß, was das Internet ist. »Tageszeitungen gab es damals noch nicht so richtig«, fügt er hinzu, und dann erzählt er die ganze Geschichte: »Ich hatte einen holländischen Freund. Joris van der Linden. Ein sehr begabter Zauberer. Aber jung, viel zu jung …« Leopolds abwesendem Gesichtsausdruck nach schwelgt er gerade in Erinnerungen. Doch Nikolas gönnt ihm auch diesmal keine Pause.

»Und?«, forscht er.

»Joris wollte dem Maler des Bildes einen Gefallen tun«, sagt Leopold. »Deswegen hat er einen Schutzzauber darübergelegt. Aber er hat vergessen, das Kleingedruckte im Zauberbuch zu lesen.«

»Claire?« Aristide klingt wie ein Scheibenwischer, der über die Windschutzscheibe quietscht. Aber Claire ist noch ganz gefesselt von Leopolds langer Rede. Ihr Ururgroßvater scheint wirklich viel zu wissen.

»Hast du das Kleingedruckte gelesen?«, will Aristide von Claire wissen.

»Da war nichts Kleingedrucktes«, hilft Rafael, und Aristide stöhnt leise auf.

»Da ist immer etwas Kleingedrucktes. Man muss nur den letzten Satz mit dem Daumen reiben, damit es erscheint. Zum Kuckuck, Claire!«

Claire tritt mit gesenktem Kopf von einem Fuß auf den anderen. Es sieht ganz so aus, als hätte sie alles falsch gemacht, was man nur falsch machen kann. Erst hat sie den falschen Zauber ausgewählt, dann nicht darauf geachtet, dass der Schutzzauber vierundzwanzig Stunden benötigt, und nun noch die Sache mit dem Kleingedruckten.

»Hol doch das Zauberbuch einmal zu uns heraus«, bittet Septimus. Aristide sagt gar nichts mehr. Er knirscht nur mit den Zähnen. Deswegen ist Claire froh, dass sie einen Moment aus dem Garten entfliehen kann.

Doch schon auf den Stufen zur Terrasse hinauf bemerkt sie, dass ihr schlechtes Gewissen sie auch ohne Aristides finstere Miene quält. Wenn Leopold recht hat, ist es allein ihre Schuld, dass das Gemälde jetzt so schrecklich verunstaltet ist. Ihre und Rafaels Schuld. Grübelnd wankt sie in den Flur und bleibt vor der *Mona Lisa* stehen.

»He, was ist?«

Unbemerkt ist Gabriel Claire gefolgt. Als er sie von hinten anspricht, zuckt sie zusammen wie ein Zitteraal.

»Erschreck mich nicht so!«, schimpft sie.

»Ich bin ein Geist. Es ist meine Aufgabe, Leute zu erschrecken«, behauptet Gabriel und lässt sich auf dem bronzenen Schirmständer nieder.

»Das ist alles unsere Schuld«, jammert Claire, die eigentlich sehr froh ist, jemanden zum Reden zu haben. »Wenn wir nicht diesen dummen Einfall mit dem Schutzzauber gehabt hätten, wäre die *Mona Lisa* jetzt noch heil.«

»Oder auch nicht.« Gabriel wiegt sein schlaues Köpfchen hin und her. »Das mit dem Schutzzauber war eine saudumme Idee von euch, und ihr hättet Aristide vorher fragen sollen, aber ...«

»Aber?« Claire hofft inständig, dass Gabriel noch etwas Tröstendes sagt. Auch ohne seine Vorwürfe geht es ihr nämlich schon schlecht genug.

»Aber ... hättet ihr den Schutzzauber nicht ausgeführt, wäre die *Mona Lisa* unbeschadet bei Gargoll angekommen, und wer weiß, was er mit ihr vorhatte? Ihr habt ihm jetzt wenigstens erst mal einen Strich durch die Rechnung gemacht.«

Claire denkt einen Augenblick nach.

»Also haben wir sie eigentlich gerettet?«

So hat sie die Sache noch gar nicht betrachtet. Ihre Augen beginnen zu leuchten. Es geht ihr schon viel besser. Mit neuem Mut kann sie nun endlich ihren Weg in Aristides Kammer antreten, um das Zauberbuch zu holen.

Doch ein Blick auf die kleine Kommode versetzt Claire einen ordentlichen Schreck. Die Kommode ist leer. Nur noch Staubkörnchen liegen darauf. Solange Claire sich zurückerinnern kann, hat das Zauberbuch immer auf dieser Kommode gelegen. Mit Ausnahme von neulich, als sie es mit in die Rue Tordu zu Rafael genommen hat.

Gemeinsam mit Gabriel sucht sie in den Fächern der Kommode. Sie schaut im Schrank, auf den Fensterbänken, im Schreibtisch und sogar unter den Sesseln nach.

Kein Zauberbuch!

Claire läuft ein Schauer über den Rücken. Und dann keimt ein schrecklicher Verdacht in ihr auf.

13. Kapitel

in dem ein Zauberbuch verschwindet
und sich ein alter Wettstreit neu entzündet

Auf der einen Seite würde Claire am liebsten gar nicht in den Garten zurückkehren. Auf der anderen Seite will sie es aber schon.

Sie ist so unglaublich wütend auf Rafael.

So wütend, dass sie ihn gern anschreien und mit voller Wucht gegen das Schienbein treten möchte.

Warum ist sie nur so dumm gewesen, ihm zu vertrauen?

Sie braucht noch einen Moment, um sich etwas zu beruhigen, dann marschiert sie schnurstracks über die Terrasse zurück und stapft auf Rafael zu.

»Wo ist es?« Ihre Stimme fährt durch die Luft wie ein chinesisches Küchenmesser. Prompt weicht Rafael einen Schritt zurück.

»Wo ist was?«

»Das Zauberbuch.«

»Das Buch? Was ist mit dem Buch?« Aristide ist sofort alarmiert.

»Na, was wohl? Er hat es geklaut.«

Claire zeigt mit spitzem Finger auf Rafael. Sie ist kurz davor, loszuheulen, doch diesen Triumph gönnt sie Rafael nicht.

»Hab ich nicht!«, stößt der aus.

»Tu doch nicht so!« Claire findet es ziemlich dreist von Rafael, jetzt auch noch zu leugnen. Aber er scheint tatsächlich nichts zugeben zu wollen. Stattdessen zieht er eine Miene, als hätte Claire ihm wirklich gerade einen Tritt gegen das Schienbein verpasst.

»Ich will euer verdammtes Buch doch überhaupt nicht!«, schnauft er. »Ich hab mein eigenes Zauberbuch.«

Weder Claire noch Rafael achten auf Aristide, der in der Gartenmauer flucht wie ein alter Kesselflicker.

»Ach ja? Das glaube ich dir aber nicht. Und ich glaub dir auch nicht, dass du nur mal eben so wegen der Gerüchte bei uns herumgeschnüffelt hast. Ihr wolltet nachsehen, ob Aristide gestorben ist, weil ihr wusstet, dass ihr dann leichter an unser Buch rankommt.«

»Ach ja? Und Gargoll?«, presst Rafael hervor. »Die Sache mit dem Gemälde hab ich mir dann wohl auch nur ausgedacht, was?«

Claire beißt sich auf die Unterlippe. Das stimmt. Zumindest in diesem Punkt hat Rafael nicht gelogen. Aber sie kann und will nicht klein beigeben. Außerdem fällt ihr absolut niemand anderes ein, der das Buch hätte nehmen können.

»Ich glaub dir trotzdem nicht!«, faucht sie.

Rafael hebt theatralisch die Arme nach oben. »Als ob euer Buch so viel besser ist als unseres!«

»Dein Vater scheint ja genau das zu denken.«

Vor Wut wird Rafaels Blick ganz kalt.

»Ich bin aber nicht mein Vater«, presst er hervor. Steif dreht er sich auf dem Absatz um und stürmt aus dem Garten.

Nun laufen Claire doch Tränen über die Wangen. Aber Aristide ist immer noch fuchsteufelswild. »Na los! Auf was wartest du? Hinterher!«

»Ich weiß nicht.« Claire wischt sich über die Augen. »Vielleicht hat er es ja wirklich nicht gestohlen.« Rafaels letzter Blick hat sie furchtbar traurig gemacht.

»Hast du es vielleicht irgendwo anders hingelegt?«, fragt Septimus. Er will wie immer behilflich sein.

»Nein. Ich habe überall nachgesehen. Und außerdem würde ich es sowieso nirgendwo anders ablegen als auf dem kleinen Schrank.«

Leopold nickt eifrig. »Den kenne ich. Der ist nett.«

»Wer?« Claire ist verwirrt.

»Der feine Frank.«

»KLEINEN SCHRANK HAB ICH GESAGT, OPA!«

Leider scheint Leopold seinen kurz zurückgekehrten Hörsinn erneut verloren zu haben. Weiß der Himmel, was da vorhin mit seinen Ohren los war. Wahrscheinlich hat er von dem schrecklichen Streit so gut wie nichts mitbekommen. Aber vielleicht ist das auch gut so, denn er lächelt selig vor sich hin.

»Und der Mondstein? Ist der auch verschwunden?«, fragt Nikolas.

»Nein. Der ist noch da.«

»Den brauchen sie ja auch nicht zu stehlen«, schimpft Aristide. »So einen Mondstein kann man schließlich überall besorgen.«

Claire schüttelt ihre steifen Arme und Beine. Ihr Ohrläppchen zuckt, was kein gutes Zeichen ist.

»Wozu brauchen die unser Buch denn überhaupt?«

Eigentlich war das von ihr nur laut gedacht, doch Aristide hat Claires Frage natürlich trotzdem gehört. Für einen Augenblick sieht er etwas verstört aus.

»Wie meinst du das?«, fragt er barsch.

»Rafael hat doch recht«, sagt Claire. »Die Bellesons haben ihr eigenes Zauberbuch. Warum wollen sie dann unbedingt unseres?«

Claire wundert sich, dass ihr diese Frage erst jetzt einfällt. Im Stillen ist sie vielleicht immer davon ausgegangen, dass das Zauberbuch der Delunes das bessere ist. Doch war das auch so? Rafael konnte mit seiner Geige schließlich ebenso gut zaubern wie sie mit ihrem Mondstein.

»Sie wollen uns eben schaden«, behauptet Aristide.

»Und dafür betreiben sie den ganzen Aufwand? Das glaub ich nicht.« Claires Sturheit in dieser Sache bringt Aristide allmählich zur Weißglut.

»Mir wäre es lieber, wenn du dich jetzt um das Buch kümmern würdest, anstatt hier dumme Fragen zu stellen«, giftet er.

Doch Claire macht keinerlei Anstalten, sich fortzubewegen. Sie wartet stumm auf eine Antwort.

»Nun spuck's schon aus, Aristide«, brummt Septimus.

»Wenn du es nicht sagst, tue ich es«, droht Nikolas.

Aristide zieht einen dicken Schmollmund, fast so hässlich wie der von der *Mona Lisa*. Doch schließlich seufzt er gequält, und dann rückt er tatsächlich mit der Sprache heraus. Was Claire da zu hören bekommt, ist ein ziemlich dickes Ei. Man könnte glatt sagen ein Straußenei, wenn nicht gar ein riesiges Dinosaurierei.

»Das Buch war mal seins«, knirscht Aristide. Dabei kann er Claire kaum in die Augen sehen.

Zuerst versteht sie gar nichts. Deswegen wiederholt Septimus das Dinosaurierei noch einmal für sie, und irgendwann begreift Claire dann doch: Das Zauberbuch der Familie Delune gehörte einst den Bellesons. Und umgekehrt das der Bellesons den Delunes.

»Unsere Familie hat über Jahrhunderte mit der Geige gezaubert«, sagt Septimus. »Und das hat auch sehr gut funktioniert.«

»So lange, bis Aristide kam …«, fährt Nikolas dazwischen. »Dein Vater hatte nämlich überhaupt kein Talent für das Geigenspiel. Und außerdem hat er sich immer gegen das Instrument gesträubt. Wir haben alles versucht. Aber richtig gelernt hat er es nie.«

Claire merkt Nikolas seine große Enttäuschung darüber jetzt noch an, und Aristide verdreht entnervt die Augen.

»Ihr braucht das echt nicht wieder so breitzutreten«, meckert er. »Außerdem stimmt das so gar nicht.«

»Aber wie … wie bist du denn an Baltasars Buch gekommen?«, fragt Claire. Sie hat zwar etwas Angst vor Aristides Antwort, aber jetzt will sie die Wahrheit unbedingt erfahren.

Es war Aristides einundzwanzigster Geburtstag. Unter einem tiefblauen Sternenhimmel saß er mit seinem besten Freund Baltasar in einem der Gärten des Trocadéro. Sie blickten auf den vom Mond beschienenen Eiffelturm und schmiedeten Pläne.

»Genial!« Baltasar klatschte vor Begeisterung in die Hände. Wie immer war er sofort Feuer und Flamme für Aristides neuste Idee.

»Ich hab den Artikel extra für dich ausgeschnitten.« *Aristide kramte in seiner Westentasche und reichte Baltasar schließlich ein zerknittertes Stück Zeitungspapier. Es war ein Ausschnitt aus der Zaubererzeitschrift* Le Monde magique.

SENSATION IN DER SCHWERLASTENZAUBEREI GELUNGEN

Vor Kurzem ist dem deutschen Franz Grünlich ein wahres Meisterstück gelungen. Eine Revolution in der Schwerlastenzauberei.

Grünlich brachte es fertig, den Kölner Dom zum Schweben zu bringen. Ganze fünf Zentimeter hob er das massige Gebäude an.

Natürlich wurden vorher alle erforderlichen Maßnahmen zur Geheimhaltung getroffen. Keiner der Passanten oder Gottesdienstbesucher bemerkte etwas von dieser wirklich außergewöhnlichen Zauberei.

Etwas Ähnliches hat vor Grünlich noch nie ein Zauberer gewagt.

300.000 Tonnen bringen allein die Steine des Kölner Doms auf die Waage.

Hut ab also vor diesem mutigen Vorstoß aus Deutschland.

»An was hast du gedacht? Notre-Dame?«, fragte Baltasar, der vor Aufregung beim Lesen ganz rote Wangen bekommen hatte.

»Nein. Bist du verrückt?« Aristide schüttelte den Kopf. Er deutete auf den Eisenfachwerkturm direkt vor ihrer Nase.

»Fürs Erste dachte ich an etwas Leichteres.«

»Den Eiffelturm?« Baltasar winkte enttäuscht ab. »Der wiegt doch nichts. Höchstens fünfzehntausend Tonnen.«

»Zehntausend«, verbesserte Aristide. »Für den Anfang reicht das. Und wir wollten doch schon so lange mal einen Wettstreit hier veranstalten. Weißt du noch? Wir hatten sogar schon ein Modell vom Eiffelturm angefertigt, und dann ist nie was daraus geworden.«

Baltasar zog spöttisch die Augenbrauen hoch. »Angsthase, Angsthase«, stichelte er. Doch Aristide ließ sich davon nicht beirren.

»Hör schon auf. Notre-Dame ist fünf Nummern zu groß für uns. Außerdem haben wir keine Teams wie Grünlich, die für die Sicherheit und die Geheimhaltung sorgen.«

Baltasar sagte nichts, doch Aristide konnte seine Gedanken beinahe ebenso deutlich in der Dunkelheit leuchten sehen wie die Glühwürmchen, die hin und wieder an ihnen vorbeisausten. Natürlich glaubte sein Freund, dass er so zurückhaltend war, weil er seiner eigenen Zauberei misstraute. Schließlich übte Aristide, was das Zeug hielt, konnte sich aber einfach nicht wirklich mit seiner Geige anfreunden. Tatsächlich spielte Baltasar sogar besser als er.

Doch diesmal täuschte Baltasar sich. Aristide hatte nicht aus Angst, sondern aus Vernunft den Eiffelturm für ihren Wettstreit ausgewählt, und deshalb würde er auch nicht nachgeben.

»Na gut«, stimmte Baltasar irgendwann zu. »Wir machen es mit dem Eiffelturm. Aber wundere dich nicht, wenn ich dir das Ding gleich einen ganzen Meter anhebe.«

»Klar, warum nicht gleich zwei?!«, erwiderte Aristide.

»Oder drei, oder vier ...« Baltasar lachte. »Was ist unser Einsatz? Und schlag bloß nicht wieder so was Langweiliges vor.«

Aristide überlegte. Natürlich erforderte so eine große Zauberei auch einen hohen Einsatz. Ihm schoss einiges durch den Kopf, das er wieder verwarf. Doch dann hatte er einen Einfall. Einen großartigen, einen wirklich ungeheuerlichen Einfall. Vielleicht der großartigste und ungeheuerlichste, der ihm je gekommen war.

»Wir könnten ja um ... unsere Zauberbücher spielen«, schlug er vor. »Wenn ich gewinne, bekomme ich dein Zauberbuch und den Mondstein. Und du bekommst dafür natürlich unser Buch.«

Baltasar tippte sich gegen die Stirn. »Hast du 'ne Schraube locker? Unsere Alten bringen uns um. Und außerdem: Was habe ich davon? Ich will dein Buch gar nicht.«

»Unsere Alten interessiert das doch überhaupt nicht.« Aristide hatte seinen Vorschlag bereits genau durchdacht. »Mein Vater steckt in der Mauer. Und deiner zaubert sowieso seit Jahren nicht mehr. Und ... wenn du gewinnst, sage ich dir auch, dass du der größte Zauberer aller Zeiten bist. Und ich verpflichte mich auf ewig als dein treuer Diener«, fügte er hinzu, als er Baltasars zweifelnden Gesichtsausdruck sah. Offensichtlich fiel seinem Freund die Entscheidung alles andere als leicht.

Das war verständlich, doch für Aristide ging es um so viel, und er war schrecklich ungeduldig. Genau deshalb entschied er sich für einen Trick. Er hatte ihn bei Baltasar schon öfter angewendet. So gut wie immer mit Erfolg. Baltasar ließ sich leicht bei seinem Ehrgeiz *packen. Er konnte es überhaupt nicht ertragen, wenn man ihn für einen Feigling hielt.*

»Na gut.« Aristide machte eine wegwerfende Handbewegung. »Wenn du zu viel Angst hast, dann lassen wir es eben.« Er wusste genau, dass seine Masche nicht fair war. Das schlechte Gewissen fuhr ihm schon jetzt mit kalter Hand unter das Hemd. Doch da war diese Gelegenheit, und Aristide wollte sie nicht ungenutzt vorüberziehen lassen.

Baltasar reagierte genau so, wie er es sich erhofft hatte: »Ich hab keine Angst«, sagte er. Seine Stimme klang heiser. »Also abgemacht, wenn du den verdammten Eiffelturm höher anhebst als ich – was niemals geschehen wird –, bekommst du mein Buch und ich nehme dafür deins.«

»Abgemacht«, erwiderte Aristide. »Und wenn du den Eiffelturm höher anhebst als ich – was ich mir noch nicht mal im Traum vorstellen kann –, erkläre ich dir feierlich, dass du der größte Zauberer aller Zeiten bist, und werde auf ewig dein ergebener Diener sein.« Grinsend deutete er eine Verbeugung an. »Auf einen fairen Wettkampf.«

Dann schlugen sie ein.

»Ich habe das Buch gewonnen, bei einem fairen Wettstreit«, sagt Aristide. Er setzt eine hochmütige Miene auf.

»Hm«, macht Claire. »Dann verstehe ich aber immer noch nicht, wieso Baltasar das Buch unbedingt wiederhaben will. Wenn es doch so ein fairer Wettkampf war und das alles …«

Aus Septimus' Richtung erklingt ein dumpfes Lachen. »Baltasars Familie hat ihm natürlich die Hölle heißgemacht, als er das Buch verlor«, grunzt der Urgroßvater.

»Und macht es wahrscheinlich noch«, ergänzt Nikolas.

»Wir waren anfangs ja auch nicht begeistert von dem Tausch. Aber als wir dann sahen, dass dieses Mondstein-Abrakadabra aus deinem Vater doch noch einen halbwegs brauchbaren Zauberer machte, da …«

»Schluss jetzt!«, unterbricht Aristide. Offensichtlich hat er seine Haltung inzwischen wiedergewonnen. »Es ist wohl kaum der richtige Zeitpunkt, um das alles zu besprechen«, sagt er nachdrücklich. »Claire muss zuerst das Buch zurückholen.«

»Aber ich glaube nicht mehr, dass Rafael es genommen hat«, beharrt Claire. »Er hat ja gar keinen Grund dazu. Schließlich ist er mit seiner Geige glücklich. Er will gar nicht mit dem Mondstein zaubern.« Sie fährt sich energisch mit der Hand durch die Locken. »Und sollten wir uns außerdem nicht erst mal um die *Mona Lisa* kümmern?«

»Wieso um die *Mona Lisa*?« Aristide sieht Claire entgeistert an. Er versteht nicht, was wichtiger sein könnte als sein Zauberbuch.

»Gargoll will sich das Bild bestimmt zurückholen«, erläutert Claire. »Wenn Leopold recht hat und Rafael und ich echt für den Schmollmund verantwortlich sind, dann hat er seinen geplanten Zauber wohl noch nicht durchführen können.«

»Na und?«, krächzt Aristide. »Was schert uns dieses olle Bild?« Am liebsten möchte er seiner Tochter jetzt die Ohren lang ziehen. Doch natürlich würde er das nie tun, selbst wenn er nicht in der Gartenmauer feststecken würde. Dafür hat er Claire viel zu lieb.

»Immer mit der Ruhe, Aristide. Wir müssen einen kühlen Kopf bewahren«, sagt Septimus.

Lange wird nun diskutiert, wie man am besten vorgeht. Und

trotz Aristides Gezeter entscheiden Claire und ihre Großväter, als Erstes den Schutzzauber für die *Mona Lisa* auszuführen. Zwar wissen sie nicht genau, was Gargoll mit dem Bild vorhat, doch sind sie sich einig, dass es auf keinen Fall wieder in seine Hände gelangen darf.

Nur ein winziges Problem gibt es: Claire hat kein Zauberbuch und damit auch kein Rezept für den Zauber. Leopold, Septimus und Nikolas können nicht weiterhelfen, schließlich haben sie mit der Geige gezaubert. Der Einzige, der das Rezept kennen könnte, ist Aristide. Und der schmollt wie eine beleidigte Leberwurst.

»Ich kenne die Zutaten nicht«, schwindelt er. »Dir bleibt wohl nichts anderes übrig, als doch zuerst das Buch zu suchen.«

»Nun hör schon auf, dich wie ein bockiges Rindvieh aufzuführen, Aristide!«, bellt Nikolas. »Du hast ein Gedächtnis wie ein Elefant. Jetzt spuck das verdammte Rezept schon aus.«

Aristide hat wirklich ein erstaunlich gutes Gedächtnis. Claire weiß das. Die Fünf, die sie in der dritten Klasse in Mathe geschrieben hat, hält Aristide ihr bis heute vor.

Und dann, nach endlosem Murren, Zähneknirschen und Drohungen der Großväter rückt ihr Vater tatsächlich mit dem Rezept heraus. Es ist nicht sonderlich kompliziert. Nur dreizehn Zutaten, deutlich weniger als für den Schutzzauber für die lebendigen Dinge, den Claire mit Rafael ausgeführt hat. Außerdem die goldene Regel, dass Claire um Punkt sieben Uhr in der Frühe mit dem Zauber beginnen muss.

Es ist bereits vier Uhr in der Nacht. Claire wird also nicht mehr zum Schlafen kommen. Hundemüde, wie sie ist, sucht sie die Zutaten zusammen.

Diesmal scheint alles da zu sein. Nach längerem Forschen findet Claire auch die *fünfzig Milliliter Regen aus dem südamerikanischen Dschungel.* Die waren hinter die gebrannten Mandeln und die Feuerechsenfüße gerutscht.

Ab sieben Uhr muss Claire nun alle zwei Stunden eine neue Zutat über den Mondstein gießen. Um sieben Uhr am Morgen des nächsten Tages wird die letzte Zutat drankommen. Das sind die *drei Barthaare eines rothaarigen Riesen.*

Wenn sie gerade nichts zu tun hat, kann Claire sich Gedanken über den Verbleib des Zauberbuchs machen. Und darüber, wie sie Gargoll empfangen soll. Bestimmt würde der nämlich bald darauf kommen, dass es ein Zauberer gewesen sein muss, der ihm das Bild gestohlen hat. Davon gibt es in Paris zwar mehrere, alteingesessen sind jedoch nur drei: die Bellesons, die Gargolls und die Delunes. Und soweit Claire das bis jetzt verstanden hat, verbindet Gargoll mit ihrem und Rafaels Vater eine besondere Feindschaft. Unter Garantie würde Gargoll also in der Rue Marrant Nummer 22 auftauchen, um nachzusehen, ob sein Bild eventuell dort ist. Für den Fall, dass der Schutzzauber zu diesem Zeitpunkt noch nicht vollendet ist, will Claire vorbereitet sein …

14. Kapitel

in dem Claire in Lebensgefahr gerät

Der alte Gargoll sitzt erschöpft auf seinem Küchenstuhl. Er fühlt sich merkwürdig. Ihm ist so, als hätte jemand die Schwerkraft aufgehoben und er könnte jeden Moment abheben. Genau wie ein Astronaut.

Das liegt an den vielen Stimmungen, die er gerade eingesogen hat. Er ist beschwingt, aber gleichzeitig mürrisch und ängstlich.

Dabei war er sehr vorsichtig. Er hat versucht, alle Gefühle restlos aus sich herauszuatmen.

Nachdem er nun nacheinander drei randvolle Tassen Baldriantee hinuntergekippt hat, erhebt sich Gargoll. Zittrig hält er sich an der Tischkante fest, um nicht am Ende doch noch abzuheben und dann hilflos unter der Küchendecke zu schweben.

Krampfhaft bemüht er sich, einen klaren Gedanken zu fassen. Das fällt ihm schwer. In seinem Kopf tobt ein heilloses Durcheinander. Doch dann taucht tatsächlich ein Gedanke auf. Diamantenklar: Die *Mona Lisa*.

Gargoll weiß, dass er sie zurückbekommen muss.

Sonst wären all die Mühen der Vergangenheit vergebens.

Sonst würde er nie beweisen können, was in ihm steckt.

Sein genialer Plan oder vielmehr der erste Baustein dazu war Gargoll wegen Deprime eingefallen. Die verfressene Katzendame hatte einen seiner Kühlschrankmagnete gefuttert, weil der aussah wie ein Kirschtörtchen. Erst drei Tage später kam der Magnet wieder zum Vorschein, und als Gargoll das müffelnde, verdreckte Törtchen in der Hand hielt, überfiel ihn plötzlich eine Idee: Was, wenn man einen Magneten baute, der Gefühle anzog? Und wie könnte der wohl aussehen?

Er stürzte sich fiebrig in Nachforschungen, und dabei stieß er auf die *Mona Lisa*. Auf ihr magisches Lächeln.

Nichts eignete sich wohl besser als Gefühlsmagnet.

Das Einzige, was Gargoll tun musste, war, das Gemälde zu stehlen und das Lächeln umzupolen. Es durfte nicht mehr nach außen strahlen. Stattdessen sollte es nun alles an sich ziehen, was genauso glückselig war wie es selbst.

Drei Jahre lang hat Gargoll an dem Zauber gefeilt und genau siebenundsiebzig Zutaten dafür zusammengesucht. Jetzt will er ihn endlich ausführen, egal was es kostet.

Er würde sich das Bild zurückholen, und dann würde er ganz Paris seiner Freude berauben: Niemand soll mehr lächeln. Niemand glücklich sein. Alle sollen die Traurigkeit fühlen, die er selbst bereits schon so lange in sich trägt. Doch eigentlich ist all das nur ein Nebeneffekt. Vielmehr geht es Gargoll um etwas ganz anderes: Aristide Delune und Baltasar Belleson.

Als Rafael Claires Haus verlässt, weiß er zunächst gar nicht, wohin er seine Schritte lenken soll. Eine Weile streut er ziellos durch die Straßen. Vor Wut kickt er gegen Laternenmasten und Abfalleimer. So lange, bis ein Monsieur mit einem dicken Schnauzbart empört sein Fenster aufreißt.

»Ruhe!«, donnert er. »Unerhört!«

Rafael hat glatt vergessen, dass immer noch Schlafenszeit ist. Mit einem milchig rosa Streifen bahnt sich die Morgendämmerung gerade ihren Weg an den Himmel. Vielleicht ist es also vier oder fünf Uhr in der Früh.

Bei Rafael meldet sich das schlechte Gewissen, weil er den Monsieur geweckt hat, aber er findet auch, dass er allen Grund hat, wütend zu sein.

Was bilden sich diese Delunes eigentlich ein?

Gut, sein Vater hatte tatsächlich mehrmals versucht, ihnen das Buch abzujagen. Und es stimmt sogar, dass Rafael nicht nur wegen der Gerüchte herumgeschnüffelt hat.

Trotzdem. Die denken doch wirklich allen Ernstes, ihr Buch wäre besser als seins. Lächerlich!

Doch je länger Rafael herumläuft und über die Sache nachdenkt, desto mehr verraucht seine Wut. Ein beunruhigender Gedanke huscht durch seinen Kopf.

Ohne weiter Zeit zu vergeuden, setzt Rafael sich in die Metro und fährt nach Hause in die Rue Tordu.

Bereits als er den Schlüssel in der Haustür umdreht, weiß Rafael, dass er mit seinen Befürchtungen genau richtig liegt. Laute Musik schallt zu ihm heraus, und das um diese Uhrzeit! Irgendein französisches Chanson.

»… *non, rien de rien … je ne regrette rien …*«

Rafael schiebt leise die Wohnzimmertür auf.

Verärgert stellt er fest, dass hier eine kleine, aber sehr fröhliche Partygesellschaft in vollem Gange ist.

Sein Vater und Fantin tummeln sich auf dem kleinen Beistelltischchen neben dem Sofa. Laut grölen sie das Chanson mit und haben Rafael noch nicht bemerkt. Eine Tüte Konfetti liegt aufgerissen herum, Luftschlangen sind auf dem Tisch verteilt, und Fantin hat eine Flasche Wein entkorkt und zwei Gläser besorgt.

In Rafael keimt eine ungeheure Wut auf.

»Was feiert ihr denn hier?«, fragt er bissig, während er mit großen Schritten auf das Tischchen zueilt.

Fantin, der sich gerade aus Spaß in eine der Luftschlangen einrollt, sieht erschrocken auf.

»Äh, ähm … nischts«, stammelt er und sieht aus wie ein Schaf bei Hagelwetter. »Nischts Bestimmtes, Monsieur Rafael. Wir … wir haben uns nur ein wenisch amüsiert, n'est-ce pas?« Hilfesuchend sieht er Baltasar an. Der scheint von Rafaels Auftritt wenig beeindruckt. Er schaut seinen Sohn herausfordernd an. »Richtig. Wir haben uns nur ein wenig … amüsiert«, antwortet er frostig, und genau in diesem Augenblick macht es »Pling!«.

Das Geräusch kommt von einer reißenden Hutschnur. Rafaels Hutschnur. Man könnte auch sagen, sein Kragen platzt, oder: Er geht vor Wut an die Decke. Doch das »Pling!« passt eben besser zur Hutschnur, auch wenn Rafael gerade gar keinen Hut trägt.

»Wo ist das Buch?« Rafael presst die Worte zwischen zusammengebissenen Zähnen hervor, doch Baltasar schweigt.

Erst als Rafael fluchend beginnt, die Wohnung auseinander-zunehmen, bequemt er sich zu einer Antwort:

»Du wirst es sowieso nicht finden. Es ist viel zu gut versteckt!«, ruft er, während Rafael gerade unter dem Sofa und unter den Sesseln nachsieht.

»Ach ja?« Rafael hat einen roten Kopf, als er sich aufrichtet. »Wie konntest du es dir ohne meine Hilfe überhaupt besorgen? Du hast es ja wohl kaum selbst getragen. Und Fantin ist auch viel zu klein.«

»Mein lieber Junge …« Baltasar klingt wie ein Lehrer, der sei-nem Schüler schon zum hundertsten Mal die Gesetze der Multi-plikation erklärt. »Du vergisst wohl, dass ich Zauberer bin.«

Rafael runzelt die Stirn. »Das hab ich nicht vergessen. Aber du bist … tot. Du kannst keine Geige mehr spielen. Wie hast du also gezaubert?«

Baltasar setzt eine hochmütige Miene auf.

»In diesen marmornen Knochen steckt noch mehr Zauber-kraft, als du sie jemals besitzen wirst«, fährt er seinen Sohn an, und Rafael zuckt getroffen zusammen. Er hält seinen Vater ohne Frage für einen großartigen Zauberer mit enormen Fähigkei-ten.

Trotzdem hätte er mich nicht so beleidigen müssen, denkt Rafael. Aber weil er weiß, dass mit seinem Vater in dieser Stimmung so-wieso nicht zu reden ist, wendet er sich erst einmal an Fantin.

»Und du? Ich kann echt nicht fassen, dass du Papa geholfen hast. Nach all dem, was wir zusammen mit Claire bei Gargoll durchgemacht haben! Und ohne mir etwas zu sagen«, motzt er den kleinen Siebenschläfer an.

»Aber Monsieur Rafael, isch … isch dachte, sie wollten das Buch auch stehlen.«

»Tja, ha, ha. Das dachte ich auch.« Baltasar blitzt Rafael böse an. »Mein Sohn fraternisiert aber lieber mit dem Feind, anstatt seinem Vater zur Seite zu stehen.«

»Frater-was?«, fragt Rafael.

»Fraternisiert«, wiederholt Baltasar. »Das heißt verbrüdern. Als Franzose müsstest du das Wort doch eigentlich kennen.«

»Ich habe mich nicht verbrüdert«, verteidigt sich Rafael und beginnt die große Schrankwand zu durchwühlen. Dabei wird ihm allerdings klar, dass das so gar nicht stimmt.

Er mag Claire. Sehr sogar. Er hat immer Spaß, wenn er mit ihr zusammen ist. Und ihre Verwandten findet er eigentlich auch gar nicht so übel. Nur Aristide kann ab und an ein wenig gruselig sein. Wenn man das alles zusammenzählt, hat er sich wohl doch fraternisiert.

»Aber du lügst ja auch die ganze Zeit«, fährt er seinen Vater an. Er hält es für klüger, gleich zum Angriff überzugehen. Das ist bekanntlich die beste Verteidigung. Vor allem dann, wenn man selbst ein schlechtes Gewissen hat.

»Ich? Ich lüge?« Baltasar pustet seine Backen auf.

»Du hättest mir sagen müssen, dass du das Buch stehlen willst«, sagt Rafael. »Ich hätte dir bestimmt geholfen … Nur nicht gerade jetzt.« Leider weiß er selbst, dass das nicht stimmt, und lenkt das Gespräch deshalb schnell auf etwas anderes: »Und dann diese Sache mit deinem Tod! Es ist doch wohl kaum ein Zufall, dass du und Aristide am gleichen Tag gestorben seid!«

Einen kurzen Moment lang wirkt Baltasar betreten, doch dann

holt er gleich wieder zum Gegenschlag aus: »Quatsch! Das hat überhaupt nichts zu bedeuten. Darf man jetzt noch nicht mal mehr sterben, wann man will? Ich hab wirklich Besseres zu tun, als mir diesen Blödsinn von dir anzuhören …«

Seine Stimme steigert sich allmählich zu einem Kreischen. Deswegen hält Rafael es für besser, die Diskussion an dieser Stelle abzubrechen. Während sein Vater weiter lautstark zetert, durchsucht er das gesamte Erdgeschoss der Villa. Nichts.

Wo könnte das Buch bloß versteckt sein?

In Gedanken wandert Rafael durch das ganze Haus mit all seinen Ecken und Nischen. Er steigt die alte Holztreppe bis zum Dachboden hinauf. Und dann fällt ihm tatsächlich etwas ein.

Claire nimmt konzentriert das Glas mit den Fledermauszähnen in die Hand. Vier Stück hat Aristide gesagt.

Einen möglichst festen Stand suchend, baut Claire sich vor dem Mondstein auf. Sie schließt die Augen und denkt an ihren Zauber, so wie Aristide es ihr beigebracht hat.

»Klick«, macht es, als der erste Zahn auf den Mondstein trifft. »Klick, Klick!«

Das vierte »Klick« hört Claire bereits nicht mehr, da es von einem gewaltigen Brausen verschluckt wird. Ohne Vorwarnung schießt eine mannshohe Windhose aus dem Boden. Die arme Claire wird augenblicklich darin eingeschlossen, und dann tanzt der Minitornado wie ein Irrlicht mit ihr durch den Raum. Es geht rundherum, rundherum.

Claire will nach Hilfe rufen, doch sie ist kaum in der Lage, Atem zu holen, geschweige denn zu schreien.

Ein heller Blitz zuckt, dann spuckt die Windhose Claire wieder aus. Augenblicklich befindet sie sich im freien Fall. Sie rudert mit den Armen und irgendwann bekommt sie tatsächlich etwas zu fassen, das ihr Halt bietet.

Claire wartet noch einen Moment, bis ihr Schwindel nachlässt, dann öffnet sie langsam die Augen.

Dass sie sich nicht mehr in Aristides Zauberkammer befindet, hat sie bereits vermutet. Doch ihre Lage ist weit schlimmer als erwartet: Hilflos wie ein Tannenzapfen baumelt sie von einer steinernen Balustrade herab. Zum Glück hat sie es geschafft, sich an der Brüstung festzuklammern, sonst wäre sie in die Tiefe gestürzt.

Unter ihr erstreckt sich eine Landschaft aus zerklüfteten Bergkuppen, durch die sich mehrere Straßen winden. Die Gegend kommt Claire seltsam bekannt vor, doch ihr fällt beim besten Willen nicht ein, woher sie sie kennt. Außerdem ist sie viel zu sehr damit beschäftigt, nicht doch noch abzurutschen. Verzweifelt reckt sie ihre Stirn in die Höhe.

Links und rechts auf der Balustrade ragen gezwirbelte Säulen in die Höhe, und in der Mitte dazwischen … sitzt eine kerzengerade Gestalt, den Rücken Claire zugewandt.

Das muss ein Balkon sein, schießt es Claire durch den Kopf. Durch die Streben erkennt sie langes lockiges Haar. Vermutlich ist die Person vor ihr also eine Frau. Doch das hilflose Mädchen hinter ihr hat die Dame ganz offensichtlich noch nicht bemerkt.

»Hallo?«, krächzt Claire.

Keinerlei Regung.

»Hallo?« Claires Hände beginnen langsam zu schmerzen. Die Frau würde sie nach oben ziehen müssen. Claires Kraft reicht mit Sicherheit nicht mehr aus, um allein auf den Balkon zu klettern.

Doch leider geschieht nichts. Die Dame wendet sich nicht um. Claire überlegt, ob sie vielleicht taub ist. Anders kann sie sich das Verhalten nicht erklären. Sie starrt auf die dunkle Lockenpracht, und erst jetzt bemerkt sie den hauchdünnen Schleier, der darüberliegt. Wieder taucht eine verschwommene Erinnerung auf. Claire hat diesen Schleier eindeutig schon einmal gesehen. Und dann, nach einem erneuten Blick in die Tiefe, geht Claire mit einem Mal ein Licht auf.

Der verflixte Zauber hat mich in das Gemälde katapultiert!

Claire kann es nicht fassen. Dabei hat sie den Zauber doch noch nicht einmal annähernd zu Ende ausgeführt. Die Fledermauszähne waren erst die dritte Zutat. Was ist da bloß schiefgelaufen?

Claire starrt auf den Rücken der Dame mit den langen dunklen Locken. Wenn es stimmt, was sie sich da zusammengereimt hat, handelt es sich um niemand anderen als die *Mona Lisa* höchstpersönlich.

Natürlich kann die ihr nicht helfen, selbst wenn Claire hundertmal lauter brüllt. Die würde sich nicht mal umdrehen, wenn hinter ihr ein ganzer Karnevalsumzug aufmarschiert mit Blaskapelle und allem Pipapo.

Claire bekommt es jetzt richtig mit der Angst zu tun. Ihr rechter kleiner Finger fühlt sich bereits taub an. Lange wird sie sich nicht mehr halten können.

Sie versucht mit den Füßen an der Mauer nach oben zu laufen, rutscht dabei jedoch immer wieder ab. Sie kämpft so lange, bis sie völlig erschöpft ist. Dann hängt sie einfach nur noch da und wartet auf ein Wunder.

Doch es passiert kein Wunder.

Bald verlassen Claire die letzten Kräfte. Ihre rechte Hand rutscht als erste von der Balkonbrüstung.

Gleich darauf verliert auch die linke ihren Halt.

Rafael fragt sich, warum er nicht eher darauf gekommen ist. Sein Vater und er haben das Versteck eingerichtet, als Rafael noch klein war. Ab und an haben sie Dinge dort verborgen. Dinge, die Rafaels Mutter nicht finden sollte, wenn sie mal wieder die Nase voll hatte von der ganzen Zauberei.

Triumphierend stürzt Rafael ins Wohnzimmer.

»Es ist in der Holztruhe auf dem Dachboden, stimmt's?«, ruft er aus.

An Baltasars Gesicht kann er ablesen, dass er richtig liegt.

»Wer hat es dort hochgebracht?«, will Rafael wissen, erhält jedoch keine Antwort.

»Du willst das Buch doch nicht wirklich diesen Pupsbirnen zurückgeben?«, protestiert Baltasar.

Rafael muss grinsen, weil er das mit den Pupsbirnen lustig findet. Doch Baltasar hat es bestimmt nicht lustig gemeint, und Rafael will sich jetzt eigentlich auch gar nicht weiter mit seinem Vater beschäftigen.

»Ich warne dich!« Baltasar sieht zornig, aber gleichzeitig auch müde und erschöpft aus. Seine marmornen Augenlider hängen schlaff herunter.

»Ja, Monsieur Rafael. Es war so schwierisch, das Buch zu stehlen. Warüm wollen Sie es denn schon wieder zurückbringen?«, hickst Fantin.

»Das müsstest du doch am besten wissen!«, wettert Rafael. »Die Delunes brauchen ihr Buch jetzt. Wegen Gargoll und der *Mona Lisa* und …«

»Ach was«, unterbricht ihn Baltasar. »Felistin Gargoll ist doch keine echte Bedrohung. Der kann gar nicht richtig zaubern.«

»Immerhin hat er die *Mona Lisa* aus dem Louvre herausgezaubert«, sagt Rafael trotzig. »Und du willst doch wohl auch nicht, dass dem Gemälde etwas passiert, oder?«

»Ist mir piepegal«, schnaubt Baltasar. »Ich will, dass wir das Buch behalten. Und ich will, dass du endlich die Geige weglegst und mit der alchemistischen Zauberei beginnst, so wie es in unserer Familie Tradition ist.«

Rafael holt tief Luft.

»Und wenn ich das gar nicht will?«, stößt er hervor. Er ist ganz erstaunt über sich selbst.

»Wenn du was nicht willst?«, fragt Baltasar verdattert.

»Ich will nicht mit dem Mondstein zaubern«, verkündet Rafael. »Ich liebe meine Geige.«

Baltasar wird blass. Das kann man sehen, obwohl seine Büste aus schneeweißem Marmor besteht. Er schweigt und muss das Gehörte anscheinend erst einmal verdauen. Schließlich hat Rafael bis jetzt immer so getan, als würde er den Plan seines Vaters unterstützen. Und das nur, weil er nicht den Mut aufbringen konnte, die Wahrheit zu sagen.

Nun ist sie endlich heraus, die Wahrheit, doch wie zu erwarten war, ist Baltasar von Rafaels Einstellung nicht gerade angetan. Im Gegenteil: Er ist vor Wut außer sich.

»Was redest du denn da? Du wirst mit dem Mondstein zaubern! Genau wie ich und deine Großväter. Keine Diskussion. Zur Not werfe ich deine Geige in die Seine oder, oder ich werde ...«

Was Baltasar sonst mit der Geige anstellen will, erfährt Rafael nicht mehr. Er hat die keifende Büste kurzerhand gegriffen und ist damit in die Küche gelaufen.

Kühlschranktür auf, Baltasar hinein, Kühlschranktür zu.

Rafael atmet durch.

Er weiß, dass es nicht sehr nett ist, seinen eigenen Vater in den Kühlschrank zu sperren. Doch er tröstet sich mit dem Gedanken, dass Baltasar die kleine Abkühlung vielleicht ganz guttun wird.

Dann läuft er in den ersten Stock, lässt die Bodenklappe herunter und steigt langsam die knarrende Holztreppe nach oben. Zum Glück sind es nicht mehr als zehn Stufen. Oben auf dem Dachboden knipst er eine einsame Glühbirne an, die wenigstens etwas Licht in das Halbdunkel bringt. Die alte Holztruhe steht ganz hinten in einer Ecke unter den Dachbalken. Sie hat früher Baltasars Vater gehört, der darin die Erinnerungsstücke seiner Reisen aufbewahrte. Rafael stemmt den staubigen Deckel nach oben und erkennt im dunklen Truheninneren das Zauberbuch der Delunes.

Aristide breitete die rot karierte Picknickdecke aus, direkt neben einem der gemauerten Füße des Eiffelturms. Er war nervös, aber auch zuversichtlich, denn er hatte sich gut vorbereitet. Eine Woche

lang hatte er Tag und Nacht dasselbe Lied auf seiner Geige geübt.
Er hatte kaum gegessen und noch weniger geschlafen. Deshalb war
es auch gut, dass er und Baltasar sich vor dem Beginn ihres Wett-
streits mit einem kleinen Picknick stärkten. Sie aßen Äpfel, Baguette
mit Walnüssen und Schinken und beobachteten die heranrollenden
Automobile und Pferdekutschen. Doch langsam wurde Aristide un-
ruhig. Er wollte mit dem Wettstreit beginnen. Schließlich stand für
ihn heute einiges auf dem Spiel.

Sie hatten ausgemacht, dass Baltasar beginnen sollte. Aristide er-
hob sich also, und Baltasar kreuzte die Beine auf der Picknickdecke.
Vorsichtig zog er ein kleines Kästchen aus seinem Rucksack. Es war
aus Rosenholz gefertigt und glänzend poliert.

Natürlich hatte Baltasar nur angegeben, als er behauptete, den
Eiffelturm einige Meter in die Höhe heben zu können. Schon wenige
Zentimeter wären ein beachtlicher Erfolg. Das wussten die beiden
jungen Zauberer sehr gut. Aus diesem Grund hatten sie sich auch
keinerlei Gedanken über die Tarnung ihres Unternehmens gemacht.
Den geringen Unterschied würde schon niemand bemerken.

Wie verabredet, bezog Aristide mit einem Zentimetermaß Stel-
lung neben dem Sockel. Baltasar kniff die Augen zusammen, biss sich
auf die Unterlippe und atmete tief durch. Er umklammerte das
Kästchen, das seinen Zauber enthielt.

Da er mit dem Mondstein nicht in aller Öffentlichkeit hantieren
konnte, hatte er den Zauber zu Hause in das Kästchen gebannt.
Nun musste er es nur noch öffnen – mit höchster Konzentration. Je
klarer seine Gedanken, desto mehr Kraft bekam sein Zauber.

Baltasar schnaufte, dann hob er den Deckel des Kästchens an.
Zu sehen war nichts. Der Monsieur mit der Goldbrille, der gerade

aus einer Kutsche stieg, bemerkte jedenfalls keinerlei Veränderung. Nur Aristide stieß ein leises Keuchen aus.

Um ihr Tun vor den Blicken der Touristen zu verbergen, hatte er den aufgeklappten Picknickkoffer geschickt vor sich als Sichtschutz postiert. Gebannt beobachtete er nun, wie der Steinsockel des Turms sich geräuschlos hob. Einen halben Zentimeter, anderthalb, zwei. Aristides Finger, die das Maßband umklammerten, begannen zu zittern. Drei Zentimeter und noch ein Stück weiter, dann sank der Turm langsam auf seine Füße zurück.

»Und? Wie viel?«, stieß Baltasar hervor.

»Drei Zentimeter. Drei Komma fünf.« Aristide nickte anerkennend. Er wusste, dass es nicht einfach werden würde, diese Leistung zu übertreffen. Die jungen Männer tauschten die Plätze. Aristide hockte sich auf die Decke, schloss die Augen und ließ seine Schultern nach unten fallen. Als er irgendwann das Gefühl von Ruhe verspürte, öffnete auch er sein Kästchen. Es bestand aus feinem Porzellan und trug das Wappen der Familie Delune. Aristide hatte sein Musikstück erst dann in das Kästchen gebannt, als es perfekt klang. Jetzt besann er sich ganz auf den Zauber, und langsam begann der Eiffelturm erneut zu schweben.

Genau in diesem Augenblick surrte eine Fliege heran.

Aristide schüttelte irritiert den Kopf. Kurz hatte er das Gefühl, die Konzentration zu verlieren, doch er fand zurück, spannte alle Muskeln an und suchte nach seinen letzten Reserven. Er ließ erst nach, als er wirklich alle Kraft ausgeschöpft hatte. Der Turm glitt zu Boden, und Aristide ließ sich auf den Rücken fallen.

»Wie viel?«, hauchte er.

Er blinzelte und sah Baltasar direkt über sich stehen. Seine Ge-

sichtszüge waren ganz verzerrt. Erschrocken fuhr Aristide in die Höhe. Für einen Moment glaubte er, ihr Zauber wäre entdeckt worden. Doch dem war nicht so.

»Schwindler!«, stieß Baltasar hervor. An seinem Hals schwoll eine dicke blaue Ader an. »Das hast du niemals allein hinbekommen. Was war das für ein Trick?«

»Das war kein Trick«, verteidigte sich Aristide. »Ehrlich.« Erst da begriff er, was geschehen war. »Ich … ich hab's geschafft, oder?« Er konnte nicht verhindern, dass sich ein Lächeln auf seine Lippen stahl. Er hatte Baltasar tatsächlich geschlagen! Das bedeutete, er bekam sein Buch. Von heute an würde er nie mehr Geige spielen müssen. Nie mehr könnte sein Vater ihm Vorhaltungen über sein schlechtes Spiel machen. Nie mehr!

»Pfui Spinne!« Baltasar spuckte aus. Er zielte direkt vor Aristides Füße, dessen Lächeln augenblicklich erlosch.

»Ich hab dich nicht betrogen«, beteuerte er. »Ich war einfach besser als du.« Jetzt keimte auch in ihm die Wut auf. »Gib mir das Buch«, verlangte er kühl. Vielleicht hatte sein Vater mit seiner Meinung über die Bellesons doch recht. Sie waren viel zu aufbrausend, um gute Zauberer zu sein. Wahrscheinlich hätte er sich nie mit einem Belleson anfreunden sollen!

Baltasar wühlte blind in seinem Rucksack. Fast schleuderte er das Zauberbuch in Aristides Richtung. Mit hochrotem Kopf steckte er das andere Buch ein und schnürte seinen Rucksack so fest zu, dass einer der Riemen dabei riss. »Lass dich nie wieder bei mir blicken!«, knurrte er Aristide an. Ohne ein weiteres Wort drehte Baltasar sich um und ging davon.

15. Kapitel

in dem die Zeit läuft
und Gargoll sich auf den Weg macht

Schutzzauber für alle leblosen Dinge wie Ringe, Zahnbürsten, Dauerlutscher und Gemälde:

- ☾ Drei Blütenblätter einer schwarzen Tulpe
- ☾ Der Docht einer Honigkerze
- ☾ Vier Klebermauszähne
- ☾ Zweihundertfünfzig Gramm saure Sahne
- ☾ Siebzehn Milliliter rote Tinte
- ☾ Der kalte Atem eines Geistes
- ☾ Sechs grüne Weintrauben
- ☾ Fünfzig Milliliter Regen aus einem südamerikanischen Dschungel
- ☾ Das Donnergrollen eines Hitzegewitters
- ☾ Sechzig Gramm gebrannte Mandeln

☾ *Der Fuß einer Feuerechse*

☾ *Fünf Gramm bunte Zuckerstreusel*

☾ *Drei Barthaare eines rothaarigen Riesen*

Achtung!
Der Zauber muss unbedingt um sieben Uhr am Morgen begonnen werden und dauert vierundzwanzig Stunden. Gieße alle zwei Stunden eine Zutat über den Mondstein. Hüte dich davor, dich zu verspäten. Schlimme Dinge werden sonst geschehen.

(Aus dem Zauberbuch der Familie Delune, Seite 2564)

Das Fallen fühlt sich eher wie ein Schweben an. Trotzdem ist Claire bewusst, dass gleich der harte Aufprall folgen wird, doch es ist ihr beinahe egal. Sie ist furchtbar erschöpft und froh, sich nicht länger an die Brüstung klammern zu müssen.

Plötzlich spürt sie einen starken Sog. Hell blitzt ein Regenbogen am Horizont auf, und im gleichen Moment erfolgt der Aufprall. Allerdings fällt er viel weicher aus, als Claire ihn sich vorgestellt hat. Benommen sieht sie sich um.

Sie ist zurück.

Zurück in Aristides Zauberkammer.

Genauer gesagt baumelt sie verrenkt über der Lehne des Ohrensessels. Stöhnend stellt sie sich auf die Füße. Ihre Glieder fühlen sich steif an und schmerzen.

»Alles okay?«

Claire stößt einen spitzen Schrei aus. Er hört sich an wie das

Fiepen einer Klebermaus kurz vor der Geisterstunde. Dabei weiß Claire gar nicht, was Klebermäuse sind.

Noch nicht.

Geschrien hat sie wegen Rafael. Den hat sie nämlich ganz und gar nicht in der Zauberkammer erwartet. Er sieht sie aus besorgten Augen an. Neben seinem Kopf schwebt Gabriel und schaut nicht minder ängstlich drein.

»Mann! Soll ich einen Herzinfarkt bekommen, oder was?«, schnauzt Claire die beiden an. Doch Gabriel scheint sich für ihren Ärger überhaupt nicht zu interessieren.

»Ich hab alles gesehen«, sprudelt es aus ihm hervor. »Den Tornado und wie er mit dir in das Bild hineingewirbelt ist, und dann warst du weg, und ich hatte solche Angst …« Sein aufgeregtes Schnattern nimmt gar kein Ende. »Aristide wusste auch nicht weiter. Er hat mich zu Rafael geschickt, aber das hat alles so lange gedauert und …«

»Papa hat dich zu Rafael geschickt?« Es fällt Claire schwer, das zu glauben. Vorhin hätte ihr Vater Rafael doch am liebsten mit den Ohren an der Eiffelturmspitze aufgehängt.

Doch Gabriel nickt. »Er ist gleich mitgekommen und hat auf seiner Geige gespielt. Und dann bist du aus dem Bild herausgepurzelt.«

»Wir können froh sein, dass ich den richtigen Zauber so schnell gefunden habe«, sagt Rafael. »Und dass es kein schwieriges Musikstück war.« Verlegen hält er einen zerknickten Zettel mit einer kurzen Notenfolge darauf in die Höhe. Claire sieht stumm auf den Zettel und dann starrt sie Rafael an. Wenn ihr Vater Gabriel wirklich zur Villa der Bellesons geschickt hat, muss er sehr verzweifelt gewesen sein, denkt sie. Aber es stimmte ja auch. Ohne Rafael säße sie jetzt nicht hier. Ob sie sich bei ihm bedanken soll? Irgendwie bekommt Claire kein Dankeschön über die Lippen. Und dann fällt ihr auch der Grund dafür ein: das Buch.

Sie ist ja immer noch böse auf Rafael.

Weil sie nicht genau weiß, wie sie sich verhalten soll, meckert Claire zunächst mit Gabriel: »Du bist den ganzen Weg zu Rafael geflogen? Was denkst du dir denn dabei? Dich hätte jemand sehen können!«

Gabriel macht ein beleidigtes Gesicht.

»Es war schon hell. Und ich bin ganz hoch geflogen«, verteidigt er sich. Und dann passiert etwas, mit dem Claire ebenfalls nicht gerechnet hat. Gabriel fängt an zu weinen. Dicke, runde blaue Tränen kullern aus seinen Äuglein, und schließlich bricht er in ein Schluchzen aus: »I-Ich w-w-usste doch n-nicht, was ich m-machen soll«, wimmert er so herzzerreißend, dass Claire sofort aufspringt, um ihn in den Arm zu nehmen.

Natürlich geht das bei einem Geist nicht so richtig. Doch Claire legt die Arme zumindest an die richtigen Punkte und klopft sogar tröstend auf jene Stelle, wo Gabriels kleiner Rücken sich vor Kummer hebt und senkt.

»Sch-sch-sch«, macht sie wie bei einem Baby. »Tut mir leid. Du hast ja recht, tut mir leid.«

Zum Glück hört Gabriel bald auf zu weinen.

»Und e-er hat das B-Buch mitgebracht«, schnieft er und zeigt auf Rafael.

Also doch, denkt Claire. »Dann hast du es also tatsächlich gestohlen.«

»Mein Vater hat es gestohlen.« Rafael spricht so leise, dass Claire ihn kaum versteht.

»Bitte?«

»Mein Vater hat es gestohlen«, wiederholt er, diesmal in Menschenohren-Lautstärke. »Ich hatte nichts damit zu tun, ehrlich!« Er sieht Claire treuherzig an.

Die hat inzwischen ihr Zauberbuch auf Aristides Schreibtisch entdeckt. Sie macht einen großen Schritt und hebt es in die Höhe. Besorgt betrachtet sie es von allen Seiten. Doch es scheint unversehrt. Langsam bettet Claire den dicken Folianten auf seinen angestammten Platz auf der Kommode. Dann stößt sie einen tiefen Seufzer aus.

»Also, ich brauche jetzt dringend einen heißen Kakao. Und Nussschokolade. Mindestens anderthalb Tafeln«, verkündet sie. Sie sieht Rafael an: »Was ist mit dir?«

Rafaels Mundwinkel schnellen in die Höhe. Natürlich folgt er Claire gern in die Küche. Dort essen sie Schokolade – Krokant, weil Nuss nämlich aus ist – und reden nicht mehr über den dummen Streit. Schließlich gibt es Wichtigeres zu besprechen.

»Wieso bist du überhaupt in dem Gemälde gelandet?«, fragt Rafael.

Claire seufzt. »Ich weiß es nicht genau. Irgendetwas scheint mit dem Rezept nicht gestimmt zu haben. Wir hatten ja kein Zauberbuch, deswegen hat Aristide … ach, warte mal …«

Claire springt auf und rennt in den Flur. Kurz darauf kommt sie mit dem Zauberbuch unter dem Arm zurück. Vorsichtig legt sie es auf den Küchentisch und beginnt zu blättern.

»L… Q… S… Sauriereier ausbrüten, Schallmauern brechen, Schokoladenkuchen mit Zaubernüssen backen, mmh, lecker … Schularbeiten verbessern, Schutzzauber hier ist es! *Schutzzauber für alle leblosen Dinge wie Ringe, Zahnbürsten, Dauerlutscher und Gemälde.*«

Claire lässt ihren Zeigefinger über die Zutatenliste gleiten.

»Klebermauszähne«, stößt sie mit einem Mal aus.

»Was?«, fragt Rafael.

»Es waren vier Klebermauszähne, nicht Fledermauszähne.«

»Du hast die falsche Zutat benutzt?«

Claire nickt.

»Und du meinst, das hat dich in das Bild katapultiert?«

»Was sonst?«, meint Claire. »Und ich hatte wahrscheinlich noch Glück. Es ist sehr gefährlich, Zutaten zu vertauschen. Da können noch viel, viel schlimmere Dinge geschehen.« Mit einem lauten Rums klappt sie das Buch zu.

»Was sind denn eigentlich Klebermäuse?«, fragt sie.

Rafael zuckt mit den Schultern. Da muss Claire wohl ihren Vater fragen. Hoffentlich wird der sich nicht zu viele Vorwürfe machen wegen des falsch erinnerten Rezeptes.

Tatsächlich empfängt Aristide Claire heute ohne die kleinste Spur von Ärger. Er hat sich große Sorgen um sie gemacht. Mehrmals fragt er, wie sie sich fühlt, und entschuldigt sich überschwänglich dafür, dass er ihr aus der Mauer heraus nicht helfen konnte. Über den Diebstahl des Zauberbuchs verliert er kein einziges Wort mehr. Das liegt daran, dass Gabriel ihm bereits von der Rückkehr des Buches berichtet hat.

»Mir geht's gut«, beruhigt Claire ihren Vater. »Ist ja noch mal alles gut gegangen.« Und dann erklärt sie ihm die Sache mit den Klebermauszähnen.

»Ich bin aber auch ein Hornochse«, ärgert sich Aristide. »Natürlich sind es Klebermauszähne, nicht Fledermauszähne.« Er sieht aus, als wolle er sich mit der flachen Hand vor den Kopf schlagen, doch da er in der Mauer nur ein Gesicht und keinen Körper hat, geht das natürlich nicht.

»Was sind denn Klebermäuse?«, wiederholt Claire ihre Frage.

»Geistermücken«, klärt Aristide sie auf. »Sie kommen allerdings nur in den nördlichen Anden vor.« Er überlegt einen Moment. »Ich glaube, die Klebermauszähne liegen in der dritten Schublade ganz links. Neben den Kakteenstacheln.«

»Brauchen wir sie denn jetzt überhaupt noch?«, fragt Claire. »Den nächsten Schutzzauber können wir doch erst morgen früh beginnen, und bis dahin …«

»Wie lange ist es her, dass du die Fledermauszähne über den Stein geschüttet hast?«, unterbricht sie Aristide.

Claire schaut auf ihre Armbanduhr. Sie zählt die Zutaten an ihren Fingern ab. »Das war um elf Uhr. Um dreizehn Uhr wären die zweihundertfünfzig Gramm saure Sahne dran gewesen.«

»Mmh«, macht Aristide. Man sieht ihm an, wie es in seinen Gehirnwindungen rattert. »Ich glaube, es ist noch nicht zu spät. Du machst jetzt einfach mit den anderen Zutaten weiter, und am Ende musst du die Klebermauszähne gemeinsam mit der letzten Zutat über dem Stein ausleeren, das wird funktionieren.«

Claire runzelt die Stirn. Verständlicherweise ist sie nach ihrem Erlebnis mit den Fledermauszähnen skeptisch, was das Abwandeln von Zauberrezepten betrifft.

»Bist du sicher?«, fragt sie deshalb.

Ein Flackern in Aristides Augen verrät, dass Claires Frage ihn verletzt. Doch er hat sich schnell wieder im Griff und lässt sich nichts weiter anmerken. Schließlich weiß er selbst, was sein Irrtum angerichtet hat.

»Ich bin mir sicher«, sagt er mit fester Stimme. »Du kannst es aber auch noch einmal nachlesen, bevor ihr weitermacht. Seite 4478: *Notfallregelungen für verunglückte oder falsch ausgeführte Zauber.*«

Claire winkt ab. »Nicht nötig. Ich glaube dir.« Sie wirft einen erneuten Blick auf ihre Armbanduhr. Es ist kurz vor eins. Wenn sie den Zauber wirklich noch ausführen will, muss sie sich jetzt beeilen.

»In zwei Minuten ist die Sahne dran«, verkündet sie. »Komm, Rafael!«

»Gutes Gelingen!«, ruft Aristide ihnen hinterher. »Und schaut zwischendurch mal im Garten vorbei, um uns zu berichten …«

Als Claire die Terrassentür schwungvoll hinter sich zuzieht, fällt Aristides Gesicht in sich zusammen wie ein zu früh aus dem Ofen geholtes Quarksoufflé. Tiefe Falten treten in sein steinernes Gesicht und er seufzt sorgenvoll.

»Beruhige dich, Aristide«, sagt Nikolas. »Die beiden kommen schon zurecht.« Aber seine Worte scheinen Aristide nicht zu erreichen.

»Ich könnte mich ohrfeigen«, stöhnt der. »Erst gerate ich in diese Mauer aus purer Dummheit! Und dann lasse ich es auch noch zu, dass Claire beinahe von einem falschen Zauber getötet wird.« Er presst seine Lippen hart aufeinander. »Claire ist noch viel zu jung für diese ganze Verantwortung!«

»Das stimmt, aber jetzt hat sie ja einen Freund, der ihr helfen kann«, wendet Septimus ein.

»Das ist doch kein Freund. Das ist ein Belleson!«

Nikolas räuspert sich. »Also, wenn ich mich recht erinnere, trug dein bester Freund auch einmal den Namen Belleson.« Aristides ohnehin schon verbissenes Gesicht zieht sich noch weiter zusammen, als hätte er in eine Zitrone gebissen.

»Das ist lange her«, brummt er. »Seitdem ist viel passiert.«

»Ja, zum Beispiel habt ihr euch gegenseitig in die Luft gesprengt.« Ururgroßvater Leopold lacht sein keckerndes Bergziegenlachen. Offensichtlich hat er wieder einmal einen seiner hellhörigen Momente.

»Das ist doch nicht lustig, Leopold«, weist Nikolas ihn zurecht. Aber Aristide nimmt Leopold seinen Spott nicht übel.

»Lass ihn. Er hat ja recht«, sagt er. »Ich will nur nicht, dass Claire davon erfährt. Es ist schon schlimm genug, dass ich sie nicht mehr richtig beschützen kann. Sie soll nicht auch noch denken, ihr Vater wäre ein rachsüchtiger alter Versager.«

Der Gedanke an die *Mona Lisa* verhakt sich wie eine Klette in Gargolls Innerem. Nun ist er nicht mehr zu halten.

Angefüllt mit verzweifeltem Tatendrang stürmt er aus der Mühle. Doch wegen des Chaos, das die ausgebüxten Gefühle in seinen Hirnwindungen angerichtet haben, weiß er zunächst gar nicht, in welche Richtung er sich wenden soll. Ein paarmal rennt er wie auf einer großen Acht zwischen der alten Kiefer und der blauen Eingangstür seiner Mühle hin und her. Er lacht, wimmert und schluchzt. Manchmal grunzt er sogar.

Gut, dass seine Mühle so einsam liegt und er keine Nachbarn hat. Besonders nicht solche wie Monsieur Bonnet. Könnte der den sonderbaren Alten jetzt sehen, würde er bestimmt die Polizei alarmieren.

Schließlich gelingt es Gargoll jedoch, zumindest so viel Ordnung in seinen Kopf zu bekommen, dass er die irre Schleife zwischen Tür und Baum verlassen kann.

Aristide Delune und Baltasar Belleson, denkt er.

Aristide Delune und Baltasar Belleson.

Mit diesen Namen im Kopf macht er sich auf den Weg in die Stadt.

Es ist genau dreizehn Uhr. Claire leert das Glas mit der sauren Sahne über dem Mondstein aus. Dann wendet sie sich Rafael zu. »Jetzt sollten wir uns vorbereiten«, schlägt sie vor.

»Vorbereiten auf was?«

»Gargoll«, antwortet Claire knapp. »Bestimmt ist er schon auf dem Weg zu uns.«

»Meinst du wirklich?«

»Klar. In der Zwischenzeit hat er bestimmt eins und eins

zusammengezählt. Und falls er kommt, bevor der Schutzzauber wirkt, sollten wir gewappnet sein.«

»Aber das dauert noch ewig«, bemerkt Rafael.

»Das sind … zwölf, eins, zwei, drei … neunzehn Stunden«, zählt Claire und ist selbst entsetzt darüber, wie viel Zeit es zu überbrücken gilt.

Dumm ist auch, dass Claire gerade nicht zaubern kann. Der Mondstein ist durch den Schutzzauber blockiert. Natürlich hat Rafael die Geige dabei, doch sein Zauberbuch liegt in der Rue Tordu. Claire bittet Rafael drei Mal darum, es holen zu gehen, doch Rafael weigert sich. Er hat Angst, der alte Gargoll könnte genau in dieser Zeit bei den Delunes auftauchen. Dann wäre Claire ganz allein mit ihm, und das möchte Rafael auf jeden Fall vermeiden.

Ein bisschen zaubern kann er ja auch ohne Buch, und darüber hinaus müssen sie sich eben etwas anderes einfallen lassen, um Gargoll hinzuhalten. Und genau das tun sie auch.

Sie hecken sogar einen Plan nach dem anderen aus und wühlen im Keller in den alten Regalen herum. Dort finden sie allerhand nützliches Zeug.

Aristide Delune und Baltasar Belleson.
Aristide Delune und Baltasar Belleson.
Gargoll brabbelt die Namen immer wieder vor sich hin. Er befürchtet, dass sie ihm sonst verloren gehen, und das wäre eine

Katastrophe. Er darf sie nicht vergessen. Denn er ist ganz sicher, dass nur einer von ihnen sein Gemälde gestohlen haben kann.

Aristide Delune und Baltasar Belleson.

Aristide Delune und Baltasar Belleson.

Von seiner Mühle bis in die Stadt muss Gargoll einen beachtlichen Weg zurücklegen. Als ein Taxi an ihm vorüberfährt, winkt Gargoll es heran. Er steigt ein und der Wagen rollt los, bremst dann jedoch abrupt und der Fahrer setzt Gargoll wieder auf die Straße. Dabei hat Monsieur Thomas noch nie einen Fahrgast aus dem Wagen geworfen, in fünfundzwanzig Jahren nicht! Doch der Alte hat ihn zuerst als Mistkäfer und Aushilfsnasenbär beschimpft und ihm dann plötzlich einen ganz feuchten Kuss auf die Wange gedrückt. Das geht zu weit!

Monsieur Thomas weiß natürlich nicht, dass die Gefühle in Gargolls Gehirn gerade Pingpong spielen und er eigentlich gar nichts für sein Verhalten kann. So muss der Alte seinen Weg weiter zu Fuß fortsetzen. Das ist nicht leicht für ihn. Er ist von jeher unsportlich und leidet zudem unter schlimmem Rheuma. Nach dem Erlebnis im Taxi traut er sich jedoch weder Bus noch Metro zu benutzen. Wer weiß, wen er dort alles küssen würde. Angeekelt wischt der Alte sich über die Lippen. Monsieur Thomas hat nach Fisch geschmeckt. Gargoll weiß wirklich nicht, was in ihn gefahren ist.

Rafael und Claire schleppen allerhand Kisten und Kästen aus dem Keller in den Flur. Claire besorgt jede Menge Seil und Faden, einen Eimer und einen Flaschenzug aus Aristides Werkzeugschrank. Sie holt eine Küchenwaage, eine Kelle und ein Taschenbuch, und Rafael bugsiert die kleine alte Holztruhe vom Speicher herunter. Sie erinnert ihn an die Holztruhe bei ihm zu Hause, in der das Zauberbuch versteckt war. Anschließend muss er mit seiner Geige üben, und Claire besucht Tante Odette.

In ihrem Zimmer hat die Tante nichts von den Ereignissen der letzten Stunden mitbekommen. Um sie nicht zu ängstigen, erwähnt Claire den alten Zauberer Gargoll mit keinem Wort. Sie erklärt der Tante nur, dass sie und Rafael vermutlich bald Besuch bekommen werden.

»Wundere dich nicht, falls es etwas lauter wird«, sagt Claire, und zum Glück findet Odette das gar nicht seltsam. Als sie wieder allein ist, widmet die Tante sich sofort ihren Fröschen. Sie muss dringend das Terrarium des *Phyllobates terribilis* säubern. Und das ist nicht so einfach. Schließlich will Odette nicht in den nächsten zwanzig Minuten einen schrecklichen Tod sterben.

Zunächst streift sie sorgsam die dicken Gummihandschuhe über. So kann das Gift des Frosches ihr nicht das Geringste anhaben.

Aristide Delune und Baltasar Belleson.
  Aristide Delune und Baltasar Belleson.

Gargoll kommt tatsächlich voran, ohne dass seine Verwirrtheit ihm erneut ein Bein stellt. Als seine Füße schon ganz warm gelaufen sind und in den dicken Schuhen zu dampfen anfangen, erreicht er endlich einen Randbezirk der Stadt.

Allerdings ergeben sich hier für ihn leider neue Probleme.

Im Gegensatz zu den Außenbezirken sind die Gehwege am Stadtrand nicht leer gefegt, als sei irgendwo Sommerschlussverkauf. Ab und an zeigt sich ein Mensch auf der Straße.

Die arme Madame Aledier bekommt fast einen Herzinfarkt, als Gargoll ihr auf offener Straße einen Heiratsantrag macht. Ganz verwirrt flieht sie in den nächsten Supermarkt und kauft fünf Dosen Würstchen, obwohl sie Vegetarierin ist.

17 Uhr: *Der kalte Atem eines Geistes*
Claire legt im Garten Zuckerstückchen aus. Rafael fiedelt weiter auf seiner Geige.

19 Uhr: *Sechs grüne Weintrauben*
Claire schleicht erneut in den Garten. Mit Aristides Lupe betrachtet sie die Zuckerstückchen, die sie ausgelegt hat. Einige sammelt sie vorsichtig wieder ein und verfrachtet sie in die kleine Truhe, die Rafael vom Speicher geholt hat.

Gargoll bemerkt zu spät, dass er in die falsche Richtung gelaufen ist. Seit er sich in der Innenstadt bewegt, rattern die Gefühle laut wie Dampflokomotiven durch sein Hirn. Es ist ihm beinahe unmöglich, konzentriert zu bleiben. Für einen kurzen Augenblick denkt er wieder voller Sorge an seinen Urgroßvater Emil Gargoll und daran, was ihm damals widerfahren ist. Doch die Gefühlslokomotiven brettern einfach über den Gedanken hinweg und blasen ihn als weißen Rauch in Gargolls inneren Nebel hinein.

Aristide Delune und Baltasar Belleson.

Aristide Delune und Baltasar Belleson.

Durch eine Seitengasse gelangt Gargoll zurück auf den richtigen Weg. Da läuft ihm Monsieur Tevard über den Weg, oder genauer gesagt: Der magere Monsieur läuft aus Versehen direkt in Gargoll hinein. Dabei rammt er ihm einen spitzen Ellenbogen direkt in die Magengrube.

Zunächst sagt Gargoll nichts, was daran liegt, dass der Schmerz ihm für kurze Zeit die Luft nimmt.

Monsieur Tevard entschuldigt sich überschwänglich. Doch da haben die Lokomotiven in Gargolls Kopf längst begonnen, wütend zu pfeifen. Der Alte schleudert dem Monsieur die schlimmsten Beleidigungen an den Kopf.

»Camembertpupser!«, ruft er. Und: »Pipibaguette!«

Und weil Monsieur Tevard findet, dass das zu weit geht, gibt er Gargoll kurzerhand eins auf die krumme Nase. Dabei langt er kräftig zu. Heute Abend wird ihm das Ganze leidtun, nur ist es dann natürlich zu spät.

Mit dem eingetrockneten Blut um Mund und Nase sieht Gargoll wenig später aus wie ein gruseliger Zirkusclown. Die Leute auf der Straße weichen ihm ängstlich aus. Doch so kommt er wenigstens ohne weitere Zwischenfälle voran.

Aristide Delune und Baltasar Belleson.

Gargoll stolpert über einen Bordstein und verdreht sich das Knie. Nun kann er nur noch hinkend weiterstolpern, doch auch das hält ihn nicht auf. Sein Ziel ist jetzt nur noch wenige Straßen entfernt.

Fünfzig Meter, dreißig, zehn …

Mit letzter Kraft schleppt Gargoll sich die Treppe zum Hauseingang hinauf. Entschlossen wummert er gegen die Eingangstür.

Claire horcht auf.

»Rafael!«, ruft sie.

Das Geigenspiel im Wohnzimmer bricht ab.

Rafael eilt zu Claire in die Küche.

»Ich glaube, da war etwas. An der Haustür«, flüstert Claire.

Stumm schleichen die beiden Zauberschüler zum Guckloch in der Eingangstür hinüber.

Claire, die als Erste hindurchblickt, kann nichts Ungewöhnliches entdecken. Sie sieht nur die leere Eingangstreppe mit dem steinernen Adler auf dem Pfosten.

»Belleson!«, donnert Gargoll. »Mach auf!«

Nichts geschieht, doch Gargoll hat natürlich auch nicht damit gerechnet, freudig empfangen zu werden. Da er ein großer und schwerer Mann ist, kann er sich den Weg in die Wohnung auch selbst bahnen.

Erst humpelt er ein paar Schritte zurück, dann wirft er sich mit voller Wucht gegen die Eingangstür.

Schon wieder dieses Geräusch.

Ein dumpfes Rumpeln im unteren Bereich der Tür. Claire knabbert unruhig an ihren Fingernägeln.

Sie überlegt, ob Gargoll sich vielleicht klein oder unsichtbar gezaubert hat, um Rafael und sie zu überlisten. Eigentlich glaubt sie aber nicht daran. In ihrem Ohrläppchen würde es sonst bestimmt wie wild pulsieren, und das tut es nicht. Das Ohrläppchen verhält sich still wie ein Segelboot bei Windstille.

Entschlossen legt Claire ihre Hand auf den schwarzen Türgriff. Ganz langsam drückt sie die Klinke hinunter.

16. Kapitel

in dem Gargoll übel zugerichtet wird

Die Tür gibt nach. Gargoll plumpst schwer zu Boden. Da liegt er wie ein Käfer und rudert mit den Armen.

»Belleson!«, brüllt er. Mühsam rappelt er sich hoch und schlurft in das erstbeste Zimmer hinein.

Ein grünes Sofa, ein Beistelltischchen voller Konfetti und eine Schrankwand mit unordentlich heraushängenden Schubläden. Kein Mensch ist zu sehen. Auch die Küche, das Bad, die beiden Schlafzimmer und die Kammer mit dem Zauberbuch sind menschenleer.

Gargoll versucht nachzudenken.

Baltasar Belleson, denkt er, und *Aristide Delune.*

Und dann, ganz plötzlich, weiß er, wohin er als Nächstes gehen muss.

Claire öffnet die Tür zunächst nur einen winzigen Spalt. Sie späht vorsichtig hinaus, kann aber nichts entdecken. Also zieht sie noch ein wenig mehr am Türgriff, und da hört sie ein klägliches Maunzen. Die Katze von Monsieur Chevalier steckt ihren struppigen Kopf durch den Spalt. Claire öffnet die Tür ganz und starrt verdutzt auf die Katzendame. »Was machst du denn hier? Hast du dich verlaufen?«, fragt sie. Sie kniet sich auf die Fußmatte, um dem Tier den Kopf zu kraulen. »Monsieur Chevalier wohnt doch da drüben. Der hat eine Katzenklappe, da musst du dir nicht den Kopf einrennen.« Langsam richtet Claire sich wieder auf. Sie ist erleichtert, dass es nicht Gargoll war, der den Lärm verursacht hat.

Nachdem die Katze die Stufen hinuntergetrabt ist, eilt Claire zusammen mit Rafael zurück in die Zauberkammer. Es ist bald einundzwanzig Uhr, und die fünfzig Milliliter Regen aus dem südafrikanischen Dschungel warten darauf, über dem Mondstein ausgegossen zu werden.

Kaum ist das geschehen, zieht Rafael sich wieder ins Wohnzimmer zurück, um weiterzuüben. Claire hat nichts mehr zu tun. Und weil sie nicht einfach nur Däumchen drehen will, beginnt sie, die Küche zu putzen. Gabriel trällert ihr dabei eines seiner Seemannslieder vor: »Wir lagen vor Madagaskar und hatten die Pest an Bord ...«

Um dem Gejohle zu entkommen, beschließt Claire, Tante Odette eine Tasse Tee zu bringen. Sie tritt in den Flur, und genau da donnert es gegen die Eingangstür. Vor Schreck lässt Claire die Tasse mit dem heißen Tee fallen.

»Delune! Mach auf! Ich weiß, dass ihr hier seid!«, ertönt eine dunkle Stimme.

Wie der Wind schießt Rafael aus dem Wohnzimmer. Er zieht Claire mit sich in Aristides Zauberkammer hinein. Claire kriecht unter den Schreibtisch. Rafael versteckt sich hinter einem der großen braunen Lesesessel. So haben sie es vorhin verabredet.

Dann warten sie.

Allerdings nicht sehr lange, denn Gargoll braucht nur wenige Versuche, um die alte Wohnungstür der Delunes aufzubrechen. Schon stampfen seine schweren Schritte durch den Flur. Wütend reißt er die erste Tür auf. Es ist das Badezimmer. Gargoll stolpert hinein und übersieht sogleich die erste Falle, die Claire und Rafael ihm gestellt haben. Es ist ein dünner Faden, der direkt hinter der Tür gespannt ist. Kaum berührt Gargoll ihn mit dem Schienbein, wird ein Mechanismus ausgelöst: Eine der Schalen der alten Küchenwaage, die Claire und Rafael mit dem Faden verbunden haben, sinkt nach unten. Die andere fährt in die Höhe. Dort stößt sie eine große dunkelgrüne Murmel an, die nun blitzschnell über eine Murmelbahn saust. Mit viel Schwung stößt die Murmel am Ende gegen ein Taschenbuch, das Claire vorsichtig aufgestellt hat. Das alles geschieht in Sekundenschnelle. Gargoll sieht gerade noch das Buch kippen, und im nächsten Augenblick verspürt er auch schon einen stechenden Schmerz im Auge. Er hat gar nicht mehr wahrnehmen können, dass das Buch auf den Stiel einer Suppenkelle gefallen ist. Mit Wucht springt die Kelle in die Höhe und eine Handvoll kleiner harter Kieselsteine schießt in Gargolls Richtung.

»Uaahh!«, brüllt der Alte. Blind vor Schmerz taumelt er rückwärts. Sein verdrehtes Bein verhakt sich im Türrahmen, und er verliert das Gleichgewicht. Schwer kracht er in die Tür auf der gegenüberliegenden Flurseite. »Rums!« macht es, die Tür bricht aus ihrem Rahmen und Gargoll kugelt in Odettes übereinandergestapelte Terrarien hinein. Glas bricht, ein dicker Springfrosch, drei Laubfrösche, eine Kröte und ein kleiner zitronengelber Frosch entkommen.

Gut, dass Claires Tante sich schon vor einer halben Stunde in das kleine Bad in der oberen Etage zurückgezogen hat. Sie sitzt auf dem Toilettendeckel, hört mit Kopfhörern ihre Lieblingschansons und lackiert sich die Fußnägel in Burgunderrot.

Claire und Rafael bleiben weiter in ihren Verstecken. Noch fühlen sie sich nicht sicher genug, um herauszukommen.

Gargoll setzt sich umständlich auf. Kurz verzieht er das Gesicht, als würde er gleich anfangen zu weinen. Doch dann ertönt ein merkwürdiges Gekicher aus seinem Mund. Es hört sich an wie der Ruf einer Hyäne. Offenbar ist in seinem Kopf noch immer nicht alles wieder im Lot.

»Delune!«, röhrt er.

»Delune! Belleson!«

Er wankt in den Flur zurück und drückt die nächste Türklinke hinunter. Ein schreckliches Geschepper dröhnt durch das Haus, und wieder geht der Alte zu Boden.

»Igitt!«, kreischt er auf.

Er ist von oben bis unten mit orangefarbenem Schleim überzogen. Das ist die Orangenmarmelade von Claires Tante Mildred aus England. Die Tante schickt seit Jahren ein großes Glas zu Weihnachten, und weil weder Claire noch Aristide oder Odette Orangenmarmelade mögen, steht der Keller voll damit. Einundzwanzig dieser Gläser haben Claire und Rafael in einen großen Eimer gefüllt und ihn mit dem Flaschenzug über Claires Zimmertür befestigt.

Gargoll sieht ganz schön mitgenommen aus. Blinzelnd reibt er sich kleine Orangenstückchen aus den Augen.

Claire kann den Alten von ihrem Versteck aus zwar nicht sehen, doch das Gepolter verrät ihr, dass auch die zweite Falle gut funktioniert hat.

Kurz verlässt Claire ihre Höhle unter dem Schreibtisch und rennt zu der kleinen Holztruhe, die Rafael vorhin in die Zauberkammer getragen hat. Sie öffnet den Deckel, weicht zurück und beobachtet mit etwas Abstand das Geflatter, das sich augenblicklich über der Truhe bildet.

Mithilfe der Zuckerstückchen ist es Claire gelungen, ganze sechzehn kleine Erdfeen im Garten einzufangen. Die schwirren nun aufgeregt umher, froh darüber, endlich wieder frei zu sein. Sie recken ihre feinen Näschen in die Höhe und schnuppern.

Erdfeen können Zucker ganz und gar nicht widerstehen, und davon befindet sich jede Menge in Tante Mildreds Orangenmarmelade. Die erste Fee düst bereits raketenschnell in Richtung Flur. Die anderen folgen, und bald vernehmen Claire und Rafael Gargolls überraschte Schreie.

Erdfeen sind nämlich überhaupt keine lieblichen Geschöpfe. Sie haben die Größe von einer Scheibe Knoblauchbrot, strubbelige Haare und furchtbar spitze Zähne. Die bekommt Gargoll jetzt zu spüren, als die kleinen Biester sich daranmachen, die Marmelade von ihm herunterzuschlecken. Wie wild fuchtelt er mit den Armen und schlägt mit seinen riesigen Pranken nach den

Feen, was nur zur Folge hat, dass sie schließlich mit voller Absicht zubeißen. Sie reißen an Gargolls Haaren und ziehen seine verklebten Wimpern in die Länge.

In diesem Gefecht beginnt Gargoll zum x-ten Mal zu straucheln. Erst taumelt er gegen die eine Wand, dann gegen die andere. Und dann, pardauz, liegt er schon wieder auf der Nase.

Jetzt wittern Claire und Rafael ihre Chance. Unter lautem Kriegsgebrüll stürmen sie aus der Zauberkammer heraus. Beide tragen lange Seile in den Händen, mit denen sie Gargolls Hände und Füße fesseln.

Natürlich versucht Gargoll sich zu wehren, doch gegen die beiden Zauberschüler und die wütenden Feen zusammen kommt er nicht an.

Irgendwann liegt er da wie ein verschnürtes Paket. Die Erdfeen beruhigen sich allmählich, und um Gargoll eine kleine Pause zu gönnen, stellt Claire eine Schale mit Zuckerwasser in die Küche. Sogleich lassen die Feen von dem Alten und der Orangenmarmelade ab. Doch Gargoll zetert trotzdem weiter:

»Ihr kleinen Mistkröten!«, brüllt er. »Bindet mich los! Sofort!«

Claire und Rafael rühren sich nicht von der Stelle. Sie sind froh, dass alles so gut geklappt hat und dass sie Gargoll so schnell überwältigen konnten. Rafael musste noch nicht einmal den Zauber anwenden, für den er die ganze Zeit geübt hat.

»Ihr sollt mich losbinden!«, schreit der Alte. »Ihr Hohlbirnen, Dämel, Strohköpfe, Pumpernickel!«

»Tut mir leid«, sagt Claire, obwohl es ihr eigentlich gar nicht leidtut. Vor allem nicht nach dieser Schimpfkanonade.

»Wir können Sie vorerst nicht losbinden. Genauer gesagt bis

morgen früh um sieben.« Sie rechnet mit einem weiteren Ausbruch von Gargoll, doch statt zu wettern, beginnt der Alte plötzlich zu schluchzen.

Claire weiß gar nicht, was sie sagen soll. Langsam bekommt sie den Eindruck, dass Gargoll vollkommen verrückt ist. Sein Weinkrampf ist allerdings nicht von langer Dauer. Abgelöst wird er von demselben gruseligen Gelächter, das Claire bereits in ihrem Versteck unter dem Schreibtisch vernommen hat. Sie bekommt eine richtige Gänsehaut, und dann beginnt Gargoll von Neuem zu zetern und zu pöbeln. Sein Gesicht läuft in der Farbe von überreifen Sauerkirschen an.

Fasziniert von den rasanten Stimmungsschwankungen bemerken Claire und Rafael gar nicht, wie ein kleiner zitronengelber Frosch gut gelaunt auf einen von Gargolls Stiefeln springt. Gemächlich bewegt er sich weiter nach oben.

»Ihr Brüllaffen, Grützköpfe, Piesepampel!«, blafft Gargoll.

Auf seiner breiten Gürtelschnalle legt der Frosch eine kleine Rast ein. Noch immer hat ihn niemand entdeckt. Doch schon im nächsten Moment macht der Frosch einen riesigen Satz und springt direkt auf Gargolls Hakennase.

»Giftzwerge, Höllenbratschen, Schweißfu…«

Die letzte Beleidigung bringt der Alte nicht zu Ende. Natürlich bekommt er einen mächtigen Schrecken, als das schleimige Tier auf seine Nase klatscht.

»Quak«, macht das Fröschlein, und Claire schlägt sich entsetzt die Hände vor den Mund.

»Der *Phyllobates terrobilis*!«, quiekt sie.

»Der Phyllo-was?«, fragt Rafael.

»Tante Odettes Frosch.« Claire zeigt auf das kleine gelbe Tier, das inzwischen von Gargolls Nase gesprungen und hüpfend weiter in Richtung Küche unterwegs ist.

Rafael versteht Claires Aufregung nicht. Woher auch? Er kann schließlich nicht wissen, dass der *Phyllobates terribilis* ein schrecklicher Giftfrosch ist. Und dass der arme Gargoll nun vermutlich in den nächsten zwanzig Minuten sein Leben aushauchen wird.

Claire kreischt hysterisch nach Tante Odette. Doch die wippt mit ihren burgunderroten Nägeln und bekommt von dem Spektakel unten im Flur nicht das Geringste mit. Claire muss die ganze Wohnung absuchen, bis sie die Tante im kleinen Badezimmer findet.

»Odette«, schnauft sie atemlos und zieht der Tante die Kopfhörer von den Ohren. »Der Frosch. Der Frosch ist los!«

»Was ist los?«

»Der *Phyllobates terribi-bums*. Er hat Gargoll angefallen. Komm schnell!«

Das muss Claire Odette nicht zweimal sagen. Sofort springt die Tante vom Toilettendeckel auf und eilt mit wehendem Rock die Treppe hinunter.

Als sie unten im Flur ankommen, sieht Gargoll bereits noch schlechter aus als zuvor. Statt an eine Sauerkirsche erinnert er mittlerweile an eine sehr unreife Geistertomate. Seine Haut ist grünlich und durchscheinend.

»Was habt ihr mit mir gemacht?«, röchelt er und spuckt weißen Schaum aus.

Claires Knie werden weich.

»Muss er jetzt sterben?«, jammert sie. Sie schaut zu ihrer Tante. Doch die steht nur tatenlos mit aufgerissenen Augen und noch weiter aufgerissenem Mund da.

Claire rüttelt an ihrem Arm. »Odette, gibt es ein Gegengift? Er muss das Gegengift nehmen!«

Odettes Augen flackern nervös.

»Ja, ja … das Gegengift«, stammelt sie. »Wo hab ich das nur hingetan …?«

»Wieso Gegengift?« Rafael begreift noch immer nicht.

»Der Terribi-bums ist ein Giftfrosch«, stöhnt Claire. »Wir müssen das Gegengift finden. Sonst stirbt Gargoll.«

»Myxlfrzobrim«, brabbelt Gargoll, und dann rollen seine Augäpfel mit einem Mal nach hinten. Nur noch das Weiße ist zu sehen, und die Glieder des Alten sacken schlaff in sich zusammen.

»Oh nein!« Claire beugt sich über Gargoll, um seinen Puls zu fühlen. Zum Glück ist der noch zu spüren, wenn auch nur sehr flach und viel zu schnell.

»Odette, das Gegengift, wo ist es?«, drängt Claire.

Odette sieht verzweifelt aus.

»Ich weiß es nicht. Ich weiß es doch nicht«, wimmert sie.

»Du weißt es. Denk nach!« Claire bemüht sich krampfhaft, ruhig zu bleiben. Sie schickt Rafael in Odettes Zimmer, damit er dort in den Schränken nach dem Gegengift sucht. Sie selbst greift nach den Händen der Tante, die kalt und zittrig sind.

»Du weißt bestimmt, wo du es hingetan hast. Du musst nur kurz nachdenken.«

Zuerst schüttelt Odette wild ihren Kopf. Doch nach einer Weile schließt sie tatsächlich die Augen, und es sieht so aus, als ob sie es schafft, sich zu beruhigen.

»Da ist etwas«, murmelt sie. »Irgendetwas mit *Ding*.«

»Ding?«, fragt Claire.

»Ja. Ding, Ding … Ring …«

Blitzartig schlägt Odette die Augen auf. Zuerst sieht sie Claire an, doch dann starrt sie ungläubig auf ihre Hände. Auf den bronzefarbenen Ring mit den kleinen eingefassten Mondsteinen.

»Ich hab es in den Ring getan!«, haucht sie.

Vor Erleichterung treten Tränen in ihre Augen.

Sie tauscht noch einen kurzen Blick mit Claire, und dann bücken sich beide flink zu Gargoll hinunter.

Odette löst geschickt die Bronzeklammer an ihrem Ring. Der Deckel klappt auf, und es offenbart sich eine kleine Kammer, randvoll gefüllt mit weißem Pulver. Claire drückt Gargolls Kopf nach oben und zieht an seinen wulstigen Lippen. So kann ihre Tante das Gegengift problemlos in den Mund des alten Zauberers entleeren.

Danach lässt sich Claire erschöpft mit dem Rücken gegen die Wand sinken. »Meinst du, wir haben es noch rechtzeitig geschafft?«

Odette zuckt hilflos mit den Schultern.

»Spätestens in einer Stunde wissen wir Bescheid.«

Sie zieht ein Taschentuch hervor und tupft behutsam den Schweiß von Gargolls Stirn.

Da kommt Rafael vollkommen aufgelöst aus Odettes Zimmer gerannt.

»Ich kann es nicht finden«, klagt er.

»Das Gegengift war in Odettes Ring«, beruhigt ihn Claire.

Nach der ganzen Aufregung möchte sie sich nun am liebsten ausruhen, doch dann fällt ihr ein, dass es klug wäre, vorerst den Giftfrosch einzusammeln. Da das Gegengift nun verbraucht ist, wäre es schließlich mehr als unangenehm, wenn noch jemand mit dem Tier in Berührung käme.

Der *Phyllobates terribilis* hockt in der Küche auf dem Deckel der kleinen Zuckerdose. Das Döschen sieht richtig unglücklich aus, findet Claire. Allerdings ist sie ziemlich sicher, dass so ein Giftfrosch für eine Zuckerdose nicht gefährlich ist. Tante Odette holt ihre Gummihandschuhe und befördert den Frosch in ein leeres Terrarium. Sie sammelt auch noch einen Springfrosch ein, drei Laubfrösche und eine fette Kröte. Die Letztere hat es sich in einer von Claires Sandalen gemütlich gemacht.

Anschließend hockt sich die Tante neben Gargoll und hält seine Hand. Claire putzt das Zuckerdöschen und krault es ein wenig. Dann fällt ihr Gabriel ein. Wo ist der bloß? Sie hat ihn schon eine ganze Weile nicht gesehen. Nach kurzem Suchen findet sie den kleinen Geist in Aristides Schlafzimmer. Ängstlich lugt er unter der Bettdecke hervor.

»Sind sie weg?«

»Ist wer weg?«, fragt Claire.

»Na, die kleinen Biester, die Erdfeen. Sind sie fort?«

Claire hat ganz vergessen, dass Gabriel eine echte Abscheu gegen die Feen hegt. Nun ist ihr auch klar, warum er sich während der vergangenen abenteuerlichen Minuten nicht ein einziges Mal hat blicken lassen.

Sie berichtet ihm, was vorgefallen ist, und versichert, dass die

Erdfeen für mindestens eine weitere Stunde in der Küche beschäftigt sein würden. Dann holt sie für Gabriel einen Keks, den der zwar nicht essen, aber an dem er doch zumindest zur Beruhigung schnuppern kann.

Danach bleibt wieder einmal nichts anderes zu tun, als zu warten. Noch fünfzig Minuten, bis sie endgültig wissen, wie es um Gargoll steht. Claire, Rafael und Gabriel setzen sich zu Tante Odette und dem bewusstlosen Zauberer in den Flur.

Und das Warten wird lang.

Als der Alte nach einer halben Stunde noch immer nicht zu sich gekommen ist, macht Claire sich ernsthafte Sorgen. Nach einer weiteren Viertelstunde holt Tante Odette ein Fläschchen mit Riechsalz aus ihrem Zimmer. Damit fuchtelt sie unter Gargolls Zinken herum. Doch der Alte zuckt nicht einmal. Erst als die Stunde voll ist, regt sich etwas.

Gargolls linke Augenbraue hebt sich einen halben Zentimeter und fällt wieder zurück. Das macht sie drei Mal und dann schlägt Gargoll die Augen auf.

»W-Wo bin ich? Was ist passiert?«, stammelt er matt.

»Sie wurden von einem *Phyllobates terribilis* angesprungen«, klärt Tante Odette ihn erleichtert auf. »Das ist ein Giftfrosch von der Pazifikküste Kolumbiens. Die Chocó-Indianer haben ihn früher als Pfeilgiftfrosch verwendet, müssen Sie wissen, weil sein Gift …«

»Vielleicht sollten wir Monsieur Gargoll zuerst aufrichten«, unterbricht Claire den Redefluss ihrer Tante. Sie glaubt nicht, dass Gargoll sich im Augenblick für solche Einzelheiten interessiert.

»Ach so, natürlich, ja.« Odette nickt schuldbewusst. Sie hilft Rafael und Claire, den schweren Gargoll mit dem Rücken gegen die Wand zu lehnen. Claire eilt in die Küche, um ein Glas Wasser zu holen.

Als sie wiederkommt, hat Odette das Seil von Gargolls Händen gelöst. Damit ist Claire ganz und gar nicht einverstanden. Schließlich kann der Alte ihnen immer noch gefährlich werden, obwohl er im Moment zugegebenermaßen alles andere als furchterregend aussieht.

Gargoll leert das Wasserglas in einem Zug und verlangt nach mehr. Nach dem dritten Glas kehrt tatsächlich Farbe in seine geisterhaft grünen Wangen zurück. Gesund sieht er allerdings noch immer nicht aus. Besonders seine Augen nicht, findet Claire. Die blicken irgendwie noch irrer drein als zuvor.

Und tatsächlich fängt der Alte erneut zu gackern an, obwohl doch eigentlich gar nichts lustig ist. Claire sieht irritiert zu Rafael und wünscht sich noch mehr, dass Odette Gargolls Fesseln dort gelassen hätte, wo sie waren.

Als hätte Gargoll Claires Gedanken gelesen, verstummt er abrupt. Sein Gesicht wird starr wie das Antlitz einer Statue, und seine Augen nehmen ein wütendes Funkeln an.

»Wo ist Aristide?«, fragt er eisig. »Wo ist Aristide Delune?«

17. Kapitel

in dem das Chaos ausbricht

Claire durchzuckt die Erkenntnis wie ein Blitz:

Der alte Gargoll weiß gar nichts von Aristides Tod.

Woher auch? Eine Zeitungsmeldung hat es schließlich nicht gegeben, und bis zu seiner einsamen Mühle sind die Gerüchte offenbar nicht vorgedrungen.

Claire überlegt, was für eine Geschichte sie Gargoll nun auftischen soll. Die Wahrheit wird sie ihm bestimmt nicht sagen. Dafür misstraut sie dem Alten viel zu sehr.

Doch während sie noch grübelt, ruft bereits ein kleines blaues Stimmchen in die Stille hinein: »Der steckt doch in der Gartenmauer.«

Claire fährt pfeilschnell herum und spießt Gabriel mit einem Eiszapfenblick auf. Dieser kleine Möchtegern-Klabautermann hat doch nicht mehr alle Schokoladenkekse in der Dose! Dem verrückten Alten dieses wichtige Geheimnis anzuvertrauen … Darüber würde Claire noch ein Wörtchen mit ihm reden müssen.

»Aristide ist tot?«, fragt Gargoll. Seine Stimme klingt belegt.

Claire nickt. Nun hat es schließlich keinen Sinn mehr zu leugnen.

»Und Baltasar? Baltasar Belleson?«

Claire sieht Rafael an. Der scheint zunächst ebenfalls unschlüssig, was er erwidern soll. Doch am Ende antwortet er wahrheitsgemäß: »Der ist auch gestorben.«

Eine Weile sagt Gargoll nun nichts mehr. Schrecklich starr sitzt er da. Offenbar kann er das Gehörte gar nicht glauben. Er fängt an, mit seinen gefesselten Füßen auf den Boden zu trommeln. »Nein!«, keucht er. »Nein, nein, nein! Das darf nicht sein, das darf nicht sein!«

»Aber Monsieur Gargoll. So schlimm ist das doch gar nicht«, versucht Claire ihn zu beschwichtigen. »Mein Vater ist ja noch in der Gartenmauer, und Baltasar ist …«

»Nicht schlimm? Das soll nicht schlimm sein?«, klagt Gargoll tonlos. »Jahre! Jahre, die ich umsonst gerackert habe. Alles umsonst!« Er vergräbt sein Gesicht in den Händen.

Claire versteht nicht ganz, was ihre Väter mit der Arbeit von Gargoll zu tun haben sollen.

»Was genau ist denn umsonst?«, fragt sie vorsichtig – in der Hoffnung, der Sache näherzukommen.

»Die *Mona Lisa*«, jammert Gargoll. »Der Zauber. Alles!«

Er sieht plötzlich schrecklich müde aus. Wie ein kleines Häufchen Elend ist er in sich zusammengesackt und tut Claire richtig leid. Obwohl sie noch immer nicht begreift, worüber er sich so schrecklich aufregt. Sein Ärger scheint nichts mit Claires und Rafaels Einbruch und der gestohlenen *Mona Lisa* zu tun zu haben, so viel versteht sie. Es geht um ihre Väter. Doch zumindest von

Aristide weiß Claire, dass der schon seit langer Zeit rein gar nichts mehr mit dem Alten zu tun gehabt hat.

Bis sie dahinterkommt, was mit Gargoll los ist, dauert es noch eine ganze Weile. Der Alte bringt nur wenige zusammenhängende Sätze heraus. Er murmelt etwas von einem Gefühlsmagneten, ohne es jedoch weiter zu erklären. Irgendwann entnehmen Claire und Rafael seinem Gebrabbel, dass der Mona-Lisa-Zauber der Auftakt zu einem Wettstreit sein sollte, einem großen Zauberwettstreit zwischen ihm, Baltasar und Aristide.

»Diesmal hätten sie gegen mich antreten *müssen*«, presst Gargoll zwischen steifen Kiefern hervor. »Dann hätte ich endlich beweisen können, wie mächtig meine Zauberei ist. Ich hätte …«

Er steigert sich erneut furchtbar in seinen Zorn und seinen Kummer hinein. Claires zaghafte Zwischenrufe und Odettes Beruhigungsversuche nimmt er gar nicht wahr. Seine Wut scheint immer mächtiger zu werden. Er schimpft laut über Aristide und Baltasar, und hin und wieder wird er von einem gewaltigen Schluchzen geschüttelt.

Irgendwann kann Claire das Theater nicht mehr ertragen. Sie flieht in die Küche. Rafael und Gabriel folgen ihr.

»Was machen wir denn jetzt?«, flüstert Claire den beiden am Küchentisch zu.

»Wieso? Lass ihn doch meckern.« Rafael zuckt gleichgültig mit den Schultern. »Es ist ja nur bis morgen früh um sieben. Dann schmeißen wir ihn sowieso raus.«

Claire linst durch die Küchentür zum zeternden Gargoll.

»Ich glaube, er will die *Mona Lisa* gar nicht mehr«, sagt sie nachdenklich. Sie fasst an ihr Ohrläppchen, das gerade wieder zu zucken beginnt.

»Du glaubst ihm doch diesen Schwachsinn nicht?« Rafaels schwarze Augenbrauen sind in die Höhe geschossen. »Das erzählt er nur, um uns zu täuschen. Wenn wir ihn losbinden, schnappt er sich sofort das Bild und ist damit über alle Berge, bevor wir bis drei zählen können.«

»Genau«, stimmt Gabriel energisch zu.

»Du hältst dich da raus!«, schnauzt Claire den kleinen Geist an. »Ich fass es immer noch nicht, dass du Gargoll von Papa erzählt hast. Beim nächsten Mal druckst du am besten gleich Plakate. Oder du gehst mit einem Megafon durch die Straßen. Es gibt bestimmt noch ein paar andere Familiengeheimnisse, die du ausposaunen kannst.«

Wie man sich vorstellen kann, entbrennt nun ein heftiger Streit in der Küche. Und je lauter es hier zugeht, desto ruhiger wird es merkwürdigerweise auf dem Flur.

»Verräter!«, brüllt Claire.

»Blöde Klugmeiertussi!«, brüllt Gabriel zurück, und dann steckt Tante Odette ihren Kopf durch die Tür.

»Kinder, ich glaube, ihr solltet euch das mal ansehen«, piepst sie aufgeregt.

Es war der Abend eines gewittrigen Sommertages. Die Schwüle machte Baltasar schwer zu schaffen. Er war schließlich nicht mehr der Jüngste, und extreme Wetterlagen fuhren ihm sofort in die Knochen.

Ächzend ließ er sich auf den alten Holzstuhl in seiner Zauber-

kammer fallen. Das Notenblatt hatte er bereits auf dem Ständer platziert. Er rückte es noch einmal zurecht, und dann setzte er die Geige an sein Kinn.

Es war das erste Mal in seinem langen Leben, dass er sich an einem selbst komponierten Zauber versuchte, und er war tatsächlich ein wenig aufgeregt.

»Verflucht noch mal, wieso mache ich mich verrückt?«, schimpfte er vor sich hin. »Ich bin ein guter Zauberer. Der beste! Es wird nichts schiefgehen. Außerdem ist es das kleine Risiko wert.«

Ein halbes Jahr lang hatte Baltasar an der komplizierten Notenfolge getüftelt und gefeilt. Ganz im Geheimen. Rafael durfte nichts davon erfahren. Der hätte sich viel zu viele Sorgen gemacht, denn selbst gemachte Zaubereien waren nun einmal nicht ungefährlich. Doch Baltasar war es leid. Er wollte sein Zauberbuch zurück. Schließlich wurde er immer älter, und bevor seine Zauberkraft eines Tages vielleicht versiegte, musste er den Fehler von damals richtigstellen. Das war er den Ahnen und auch Rafael schuldig. Und da plumper Diebstahl ganz offensichtlich nicht funktionierte – nach acht gescheiterten Versuchen musste selbst Baltasar das einsehen –, wollte er das Buch der Delunes nun eben zu sich herzaubern. Hatte er Erfolg, konnte Rafael endlich mit der alchemistischen Zauberei beginnen, so wie es in der Familie Belleson seit Jahrhunderten Tradition war.

Dafür hatte Baltasar die wochenlange mühselige Arbeit des Komponierens auf sich genommen.

Das Problem war nämlich, dass ein Zauber, wie er ihn durchführen wollte, in keinem Zauberbuch der Welt zu finden war. Und das aus gutem Grund: Der Zauber war verboten!

Doch Baltasar scherte sich nicht darum. Schließlich hatte Aristide sich das Buch damals auch erschummelt.

Ruhig setzte Baltasar den Geigenbogen auf die straff gespannten Saiten. Schon bald versetzte sein erster Ton die Luft in zauberhafte Schwingung.

Aristide lief der Schweiß von der Stirn. Der Tag war unerträglich heiß gewesen. Doch trotz der Umstände fühlte er sich so klar und wach wie schon lange nicht mehr.

Baltasar, dieser Lump!

Es hatte sich gelohnt, ihn überwachen zu lassen.

Seit der Warnung seines Informanten hatte Aristide Tag und Nacht gearbeitet. Jetzt waren alle Zutaten für seine Zauberei beisammen, und die meisten hatte er sogar schon über dem Mondstein ausgegossen.

»Nur noch den Elfenflügel, die Hasenzähne und die zwei Waldmeisterdrops«, murmelte er vor sich hin.

Dabei waren die Waldmeisterbonbons in Wahrheit nur die vorletzte Zutat. Mit der letzten musste Aristide sich noch gedulden. So lange, bis er Baltasars Zauber kommen spürte. Genau in diesem Augenblick würde er handeln müssen.

»Die alte Brausebirne wird sich wundern«, freute sich Aristide.

Die letzte Zutat seines Zaubers war eine reichlich explosive Mischung: drei Teelöffelchen Schwarzpulver vermengt mit einem Hauch von Nitroglycerin. Statt des Zauberbuchs, das Baltasar zu stehlen gedachte, würde er eine kleine Lektion in Sachen Sprengkraft erhalten. Nichts allzu Gefährliches, verstand sich. Aristide wollte Baltasar schließlich nicht ernsthaft schaden. Nur einen ge-

hörigen Denkzettel wollte er ihm verpassen. Es sollte sein letzter Versuch sein, Aristides Eigentum zu stehlen.

Denn das war das Buch: sein Eigentum. Schon immer. Ohne Frage war es für ihn bestimmt gewesen.

Nachdem Aristide das Glas mit den Waldmeisterdrops ausgeleert hatte, schob er seinen Lesesessel vor den Mondstein und setzte sich.

Er wartete, trommelte nervös mit der Hand auf die Lehne. Alles hing davon ab, ob er den Zauber im entscheidenden Moment erkennen würde.

Er wartete und wartete, und dann – nach der dritten Tasse Kaffee geschah endlich etwas: Ein warmer Wind drückte durch die Fenster der Zauberkammer. Aristide sprang auf. Die Glühbirne in seiner Schreibtischlampe begann hektisch zu flackern.

Das musste es sein!

Mit zitternden Fingern griff Aristide nach dem bereitgestellten Reagenzglas. Sachte drehte er es auf den Kopf. Nicht im Traum hätte er daran gedacht, dass das Herabregnen des schwarz glitzernden Pulvers das letzte Bild sein würde, das er lebend in sich aufnahm.

Doch genauso war es.

Vielleicht hatte Baltasar seine Fähigkeiten als Zauberer überschätzt. Und vielleicht war Aristides explosive Mischung doch zu stark ausgefallen.

Im Nachhinein hätte niemand sagen können, wer die Hauptschuld an der Katastrophe trug. Vor allem nicht, weil außer Aristide Delune und Baltasar Belleson niemand wusste, was sich an diesem Abend gleichzeitig in der Rue Marrant und in der Rue Tordu abgespielt hatte.

Es war der vierzehnte Juni.

Als Claire mit Rafael zurück in den Wohnungsflur tritt, fängt ihr Ohrläppchen so wild zu zucken an, als würde es gleich ein Ei legen wollen. Ein Blick auf Gargoll vermehrt Claires Unruhe noch. Der Alte wettert und schreit zwar nicht mehr, doch sieht er gar nicht gut aus. Seine Augen sind geschlossen, und er schnauft wie eine alte Dampflok. Claire tritt besorgt an seine Seite.

»Was ist denn los?«

»Ich weiß es nicht.« Tante Odettes Stimmchen zittert nervös. »Er hat plötzlich aufgehört zu schimpfen, und dann ist er in Ohnmacht gefallen, glaube ich.«

Claire berührt Gargolls Hand. Sie fühlt sich eiskalt und klebrig an.

»Wir sollten einen Krankenwagen rufen«, schlägt Rafael vor, und Claire findet, dass das eine gute Idee ist. Wahrscheinlich hätten sie gleich nach der Froschattacke den Notruf absetzen sollen.

Gerade als Claire zum Telefon laufen will, schlägt Gargoll seine Lider auf. Claire ist beinahe sicher, dass die Augen des Alten vorhin noch hellbraun gewesen sind, doch nun schimmert seine Iris in einem tiefen bläulichen Schwarz. Dabei wirkt sein Blick viel klarer als zuvor – als würde er seine Umgebung damit vollständig aufsaugen wollen.

Auch Rafael, Tante Odette und Gabriel starren den neuen Gargoll fasziniert an.

Vor Anspannung bekommt keiner ein Wort heraus.

Und dann, mit einem Mal, kriecht Claire eine Gänsehaut über den Körper. Es dauert nicht lange und ihr wird eiskalt. Ihre Glieder beginnen zu schlottern, ihre Zähne schlagen klappernd aufeinander. Claire ist sich sicher, dass hier etwas nicht mit rechten

Dingen zugeht. Sie will den Arm um Tante Odette legen, die ebenfalls bibbert, doch sie kann sich nicht rühren. Sie hat das Gefühl, tausend kleine Eiskristalle frören auf ihrer Seele fest. In Claires Innerem wird es ganz leer, und auch die Außenwelt nimmt sie kaum noch wahr. Alles ist ihr so sonderbar gleichgültig. Rafael, Odette, Gargoll, die *Mona Lisa* …

Betäubt beobachtet Claire, wie Gargoll langsam seine Fußfesseln löst. Wie er aufsteht, den Flur hinunterwankt und die Wohnung durch die noch immer aufstehende Eingangstür verlässt. All das erscheint ihr bedeutungslos.

Nur Claires kleiner Finger, der beginnt mit einem Mal zu kribbeln. Schnell steckt er die anderen Finger an. Wärme beginnt zu strömen. Claires Glieder prickeln wie Brausepulverlimo. So schnell und schockartig, wie ihr Körper gefror, taut er jetzt auch wieder auf.

Claire schüttelt sich.

»Was war das denn?«, fragt sie bestürzt.

»Abgefahren!«, murmelt Rafael. Er betrachtet seine Arme und Beine, als sähe er sie zum ersten Mal.

Claire stolpert geistesgegenwärtig in die Zauberkammer. Sie lässt ihren Blick über die Wand gleiten – da ist sie ja zum Glück, die *Mona Lisa*!

Zur Tarnung haben Rafael und Claire das Bild einfach unter die Ahnengalerie der Delunes geschmuggelt. Sie hängt direkt neben Claires spitzlippiger Großtante Chloë und dem blassen Onkel Alfons.

Entweder Gargoll hat das Bild nicht bemerkt, oder er interessiert sich wirklich nicht mehr für die *Mona Lisa*.

Claire späht durch die kaputte Eingangstür auf die Straße hinaus. Sie sieht, wie Gargoll langsam in Richtung Rue Gabrielle davonhumpelt. Schnell kehrt sie zu Rafael und Odette zurück.

»Das ist gar nicht gut«, murmelt Odette. »Gar nicht gut … Ich fürchte, es ist das Chaos.«

Leider weiß Claire genau, was Odettes Worte bedeuten. Aristide hat ihr jede Menge Geschichten über das Chaos erzählt und darüber, wie es entsteht.

»Aber dann müssen wir sofort hinter ihm her.« Claire zieht bereits ihre Jacke und ihre Tasche vom Haken. Sie will keine Zeit verlieren.

»Und der Schutzzauber?«, fragt Rafael.

»Der ist doch jetzt egal. Los, kommt! Und du, Gabriel, bleibst zu Hause und wartest auf uns.«

Natürlich will Gabriel protestieren, doch Claire beachtet ihn gar nicht. Sie hat keine Zeit für lange Diskussionen.

Rafael schnappt sich seinen Geigenkasten, nur Tante Odette läuft aufgeregt in der Diele hin und her. Immer wieder schlägt sie die Hände über dem Kopf zusammen. Claire muss erst ein bisschen lauter werden, bevor die Tante sich endlich ihren Sommermantel und die Handtasche aus der Garderobe angelt. Als Claire sie noch darum bittet, auch ihren Pinsel einzustecken, wird Odette kreidebleich und schüttelt heftig den Kopf.

»Bitte, es ist nur für den Notfall«, sagt Claire beschwörend. Die Tante jammert lauthals vor sich hin, doch währenddessen holt sie den Pinsel tatsächlich aus ihrem Zimmer. Es ist kein gewöhnlicher Malerpinsel, sondern einer mit einem kunstvoll gedrechselten Stiel. Er hat grobe Borsten auf der einen und etwas feinere auf der anderen Seite. Fahrig verstaut die Tante ihn in der Innentasche ihres Mantels. Dann verlassen sie gemeinsam das Haus.

Weil Odette nicht mehr so gut zu Fuß ist, müssen Rafael und Claire ihr Tempo drosseln. Claire befürchtet schon, Gargoll könnte ihnen deswegen entwischen, doch zum Glück stellt sich bald heraus, dass er ebenfalls nur langsam vorangekommen ist. Sie folgen ihm in einen kleinen Park und Claire sieht, wie der Alte sich hinkend an den grünen Parkbänken vorüberschleppt. Dann erreichen sie die Promenade. Da es bereits elf Uhr nachts ist, sind nur wenige Leute unterwegs.

Claire, Rafael und Odette heften sich an Gargolls Fersen. Natürlich in gebührendem Abstand. Ihre eiskalt gefrorene Seele hat Claire nämlich noch nicht vergessen.

Im Schein der Straßenlaternen mustert sie die wenigen Menschen, an denen Gargoll vorbeigezogen ist. Sie sehen genauso aus, wie Claire sich vorhin gefühlt hat – ganz leer und gelähmt.

»Du meine Güte«, murmelt Odette. Natürlich sind ihr die Gesichter der Bedauernswerten ebenfalls aufgefallen. »Wenn ich mich nicht irre, ist es dasselbe Chaos wie im Jahr 1815.«

»1815 …« Claire überlegt fieberhaft, und dann fällt es ihr ein: »Natürlich, 1815! Das Chaos von Emil Gargoll. Papa hat mir die Geschichte erzählt. War das nicht ein Vorfahre von unserem Gargoll?«

Odette nickt. »Ich glaube, es war sein Urgroßvater.«

»Aber wenn es wirklich dasselbe Chaos ist …«

»Dann ist es eine Katastrophe«, vollendet Odette Claires Satz. Die beiden werfen sich einen beklommenen Seitenblick zu.

»Ich verstehe überhaupt nichts. Was ist dieses Chaos überhaupt?«, fragt Rafael, der hinter ihnen läuft.

Claire blickt sich um. »Aber du weißt doch, was das Chaos ist?!«

»Nein.«

Claire lacht ungläubig auf. »Das weiß doch jeder!«

Sie verrenkt sich den Hals, um Gargoll nicht aus den Augen zu verlieren.

»Ich eben nicht«, sagt Rafael eingeschnappt.

Erst jetzt bemerkt Claire, wie arrogant sie sich angehört haben muss. »Ich … ähm, ich dachte nur, das gehört zur Zauberausbildung dazu«, stammelt sie entschuldigend, und weil Rafael weiterhin stumm bleibt, geht sie etwas hilflos zu einer Erklärung über: »Chaos bedeutet, dass ein Zauberer die Macht über seine Zauberei verliert. Wenn das Chaos übernimmt, geschehen ziemlich schlimme Dinge.« Sie schildert, wie Emil Gargoll damals im Jahr 1815 durch einen Unfall in seiner Zauberkammer aus dem Gleichgewicht geriet. »Er war dem Chaos vollkommen ausgeliefert, ist wie irr durch die Stadt gelaufen und hat dabei alle Gefühle aufgesogen, die er kriegen konnte. Genauso wie unser Gargoll das anscheinend jetzt auch tut.«

»Und dann? Was ist dann passiert?«, fragt Rafael. Über seiner Neugier vergisst er glatt, dass er eigentlich sauer auf Claire ist. So lässt er sich nun vom Theater *Moulin Rouge* bis zum Restaurant *Le Brochet* über die Geschichte Emil Gargolls von ihr ins Bild setzen. Sie erzählt ihm alles, was sie weiß. Und weil Claire ihre Schilderung selbst so spannend findet, steigert sich ihr Schritttempo stetig. Rafael muss sie ein paarmal zurückhalten, damit sie Gargoll nicht zu nahe kommen.

»Am Ende ist er in die Katakomben geflüchtet, und dort haben sich alle Gefühle entladen«, schließt Claire.

Odette, die bis jetzt stumm zugehört hat, nickt. »Und dann kam es zur Katastrophe«, fügt sie hinzu. Schwermütig blickt sie in die Ferne. Es sieht fast so aus, als suche sie den dunklen Nachthimmel nach Spuren der Ereignisse von damals ab. Doch dort oben ist nichts zu sehen. Die Sterne blitzen auf die Stadt hinab, und der Mond bescheint gleichmütig die Glatze des alten Gargoll.

18. Kapitel

in dem Rafael so einiges erfährt,
von dem er keine Ahnung hatte

»Welche Katastrophe denn?«, fragt Rafael.

»Das Jahr ohne Sommer.« Odettes Stimme ist so schaurig tonlos, dass sich Rafaels Nackenhaare aufstellen.

»Das hört sich ja furchtbar an!«, sagt er. Er kann Kälte ganz
und gar nicht leiden, genau wie Claire, die schon bei der Vorstel-
lung fröstelnd die Arme um den Körper schlingt.

»Ja, es muss schrecklich gewesen sein«, sagt Tante Odette.
»Frost im August, Unwetter und Überschwemmungen. Und wegen der verdorbenen Ernte gab es viel zu wenig zu essen.«

»Und daran war Emil Gargoll schuld?«

Claires und Odettes Bericht hat Rafael vollkommen in den
Bann gezogen. Er kann nicht begreifen, wieso sein Vater ihm von
diesen Schattenseiten der Magie nie etwas erzählt hat.

»Offiziell hat man damals einen Vulkanausbruch in Indone-
sien für das Wetterchaos verantwortlich gemacht«, sagt Claire.

Sie stoppen kurz, weil sich der alte Gargoll vor ihnen im Schne-
ckentempo einen losen Schnürsenkel zubindet. Tante Odette ist
dankbar für die kurze Rast.

»Aber die Zaubergilde kannte natürlich die Wahrheit«, fährt Claire im Flüsterton fort, obwohl es eigentlich keinen Grund gibt, auf die Lautstärke zu achten. Schließlich halten sie genügend Abstand zu Gargoll. »Die ganzen Gefühle, die bei Gargolls Entladung in die Atmosphäre gelangt sind, haben das Wetter völlig durcheinandergebracht.«

»Und nicht nur das Wetter«, ergänzt Tante Odette, während der Alte vor ihnen seinen Marsch wieder aufnimmt.

»Die ganze Stadt soll damals im Ausnahmezustand gewesen sein.« Ich habe in der *Le Monde magique* gelesen, dass es in dem Jahr damals zehnmal so viele Hochzeiten und Morde gegeben haben soll wie sonst.«

Rafael legt nachdenklich einen Finger an die Lippen.

»Also … wenn ich das alles richtig verstehe, müssen wir verhindern, dass Gargoll zu viele Gefühle in sich aufnimmt. Damit das Ganze sich nicht wiederholt«, fasst er zusammen. »Wie lange kann so ein Chaos denn dauern?«

Claire zuckt mit den Schultern. Die Einzelheiten kennt sie nicht. Sie weiß auch nicht, wie es zu der Entladung gekommen ist und wie Emil Gargoll aus dem Chaos wieder herausgefunden hat. Am schlimmsten aber ist, dass sie auch keine Idee hat, auf welche Art und Weise sie Gargoll davon abbringen können, als Gefühlsstaubsauger durch die ganze Stadt zu pflügen.

Claire seufzt und denkt an ihren Vater. Wäre der jetzt nur hier! Aristide wüsste bestimmt, was tun ist.

Währenddessen bewegt sich der alte Glatzkopf weiter schnurgerade vor ihnen her. Bis die Promenade an einem Platz mit einem kleinen Obelisken endet.

Hier biegt Gargoll in eine schmale Seitengasse ein.

Schon von Weitem sieht man das orangegelbe Licht eines Nachtcafés leuchten. Auf dem breiten Bordstein vor dem Café sitzen jede Menge Leute. Ihr Lachen und das Summen der vielen Stimmen erfüllt die Straße.

»Mist!«, flucht Claire. »Das sind zu viele Leute. Gargoll darf da nicht langlaufen.«

»Was machen wir denn jetzt?«, jammert Odette.

»Spiel was auf deiner Geige!«, fordert Claire Rafael auf. Aber der schaut sie nur hilflos an.

»Was denn?«

»Weiß ich auch nicht. Irgendwas. Lenk ihn ab!«

Der Alte stolpert weiter.

»Rafael, los!«, drängt Claire.

Rafael findet das sehr ungerecht. Wieso soll ausgerechnet er etwas tun? Er hat auch keine Ahnung, wie er Gargoll aufhalten kann.

»Ich spiel nicht einfach irgendwas. Ich weiß den richtigen Zauber doch überhaupt nicht und ...«

Claire bleibt so plötzlich stehen, dass Tante Odette beinahe in sie hineinläuft. »Dann lass es eben!«, faucht sie. »Lass Gargoll mitten in das Café reinlaufen. Super Idee! Vielleicht kriegen wir dann ja dreißig Grad zu Weihnachten. Wär ja toll!«

»Wenn du so schlau bist, unternimm doch selber was!«, blafft Rafael zurück.

Claire wirft ihm einen grimmigen Blick zu. »Ich kann aber ohne den Mondstein nicht zaubern. Das weißt du ganz genau. Das ist nicht so einfach wie bei dir!«

»Einfach? Du meinst also, meine Zauberei ist einfacher als deine, ja?«

»Kinder!« Odette räuspert sich. Mit ihrem dünnen Ärmchen deutet sie in Richtung des Cafés. Wider Erwarten ist Gargoll nicht dort angekommen. Stattdessen hat er mitten in der Bewegung kehrtgemacht. Mit nachtschwarzem Blick humpelt er nun direkt auf sie zu. Blitzschnell dreht Claire auf dem Absatz um. Rafael und Odette folgen ihrem Beispiel. Keiner von ihnen verspürt Lust, Gargoll noch einmal zu nahe zu kommen.

»Wieso hat er denn plötzlich die Richtung geändert?«, fragt Claire, während sie über den Zebrastreifen auf eine breitere Straße wechseln.

»Bestimmt hat er euren Streit gehört«, vermutet Odette.

»Aber wir waren doch gar nicht laut«, widerspricht Claire. »Wir haben …«

»Na klar!«, ruft Rafael aus. »Ich weiß es! Ich weiß, warum er sich umgedreht hat.«

»Pscht!«, macht Claire. Unruhig blickt sie über ihre Schulter. Der alte Glatzkopf folgt ihnen noch immer.

»Es war wegen unserer Wut«, sagt Rafael leiser. Er strahlt wie ein Honigkuchenpferd.

»Verstehe ich nicht«, entgegnet Claire. Sie ist immer noch wütend, und dass Rafael bereits wieder so gute Laune hat, macht es nicht besser.

»Mann!«, stöhnt Rafael. Für ihn ist das alles jetzt so klar wie Glasnudelsuppe. »Gargoll saugt Gefühle auf, und wir haben uns gerade gestritten und waren richtig sauer aufeinander. Kapierst du nicht?«

Claires Stirn legt sich in Falten, doch es ist Odette, der zuerst ein Licht aufgeht. Sie klatscht begeistert in die Hände.

»Rafael, das ist genial!«

»Ihr meint, er folgt uns, weil wir wütend sind?«, fragt Claire. So eine lange Leitung hat sie sonst eigentlich nie.

»Auch«, sagt Rafael. »Ich glaube, dass er von starken Gefühlen angezogen wird. Schließlich gibt's da mehr für ihn zu holen, als wenn einer nur an seinen Goldfisch denkt.«

Claire nickt. Die Idee erscheint ihr tatsächlich ziemlich logisch. Und jetzt versteht sie auch, warum Rafael und Odette so aus dem Häuschen sind.

»Das heißt … wir könnten ihn mit unseren Gefühlen lenken?«, fragt sie unsicher.

»Genau.« Rafael grinst noch immer über das ganze Gesicht. »Wir müssen es nur schaffen, starke Gefühl zu erzeugen.«

Claire denkt nach. Das ist wahrscheinlich leichter gesagt als getan. Sie können ja nicht alle paar Minuten einen Streit vom Zaun brechen, zumal man bei einem gespielten Krach auch nicht wirklich wütend wird.

Als Claire sich das nächste Mal umblickt, ist Gargoll stehen geblieben. Er verharrt neben einem Reiterstandbild und reckt die Nase schnüffelnd in den nächtlichen Sommerwind.

Claire horcht in sich hinein. Ihre Wut auf Rafael ist mittlerweile verraucht. Und da Gargoll gerade jetzt das Interesse an ihnen verliert, spricht einiges dafür, dass Rafaels Theorie stimmt.

Der Alte wankt über die Straße auf den Place du Trocadéro zu. Vor nicht allzu langer Zeit war Rafael hier Claire auf den Fersen, und nun huschen Claire, Odette und Rafael wie Schatten hinter dem alten Gargoll her.

Der Eiffelturm ragt glitzernd hinter den Palastgebäuden auf, und eine leise Musik erfüllt den Platz. Im Vierachteltakt erklingen südländische Klavier- und Gitarrenklänge.

Claire hält inne. Genau solche Musik hat sie hier schon einmal gehört. In den vergangenen Sommerferien, gemeinsam mit Madame Rossetti aus dem Bistro. Die Madame ist eine begeisterte Tänzerin, und an jedem dritten Freitag im Monat wird in den Gärten des Trocadéro Tango getanzt.

Da sich Gargoll bereits auf einer der beiden steinernen Freitreppen zu den Parks hinabbewegt, wagt es Claire, bis zur Balustrade des Palasthofs vorzulaufen. Von hier aus kann sie den Vorplatz der Gärten gut überblicken.

Claire zählt mindestens fünfzig Paare am Fuß der Treppe. Im Schein von bunten Papierlampions drehen sie sich zur Musik und werfen dabei mehr oder weniger geschickt Arme und Beine in die Luft.

»Mist! Mist! Mist!«

Claire trommelt mit den Händen auf die Steinbrüstung. Es muss sofort ein starkes Gefühl her! Aber welches? Claire gräbt in ihrem Hirn. Ihr fallen einige schöne Begebenheiten ein, an die sie denken könnte. Und natürlich auch einige nicht so schöne. Doch nichts, was mit Sicherheit stark genug wäre, um Gargoll von ungefähr hundert emotionsgeladenen Tänzern abzulenken.

Der Alte steigt tiefer und tiefer, und je näher er den Tanzenden kommt, desto größer wird Claires Panik.

Mittlerweile haben Odette und Rafael aufgeschlossen und die Tango tanzende Menge ebenfalls entdeckt.

Claire versucht sich zu beruhigen. Sie denkt und denkt, und da ist es plötzlich: das Gefühl, nach dem sie gesucht hat.

Sie schließt die Augen und konzentriert sich, lenkt all ihre Gedanken auf diesen einen Tag. Wie eine Welle lässt sie die Gefühle von damals durch sich hindurchströmen, auch wenn das alles andere als angenehm für sie ist.

»Er dreht um!«, hört sie Rafael neben sich jubeln. Während Gargoll Stufe um Stufe zurück zu ihnen heraufsteigt, bemüht sich Claire, ihre Konzentration weiter aufrechtzuhalten.

»Wir müssen weg, sonst kommt er uns zu nahe«, flüstert Rafael.

Mit dem alten Glatzkopf im Schlepptau kehren sie über den Palasthof zurück auf den breiten Bordstein neben der Straße.

»Das hast du gut gemacht«, lobt Rafael.

Claire nickt. Wegen der schweren Gedanken, die sie heraufbeschworen hat, fühlt sich ihr Körper ganz bleiern an.

»An was hast du gedacht?«, fragt Rafael.

Claire kann nicht sofort antworten. Zuerst muss sie sich in ein Taschentuch schnäuzen.

»An meine Mutter«, sagt sie. Dabei atmet sie schwer. »Sie war Biologin. Tiefseeforscherin. Eben hab ich an den Tag gedacht, an dem wir erfahren haben, dass ihr U-Boot verschollen ist.«

»Ach, Kindchen.« Odette greift mitleidig nach Claires Hand. Die wischt sich verstohlen eine Träne aus dem Auge.

»Wohin lenken wir Gargoll denn jetzt am besten?« So einen Schockmoment wie eben an der Treppe des Trocadéro will Claire nicht noch einmal erleben. »Wir sollten ihn irgendwo einsperren, bis sein Chaos wieder abgeklungen ist. Irgendwo, wo es keine Menschen gibt …

»Wie wäre es mit den Katakomben?«, schlägt Odette vor.

»Nein, der Eingang ist zu weit weg«, sagt Rafael. »Da müssten wir U-Bahn fahren, und ich weiß nicht, wie das mit Gargoll gehen soll.«

»Papperlapapp«, widerspricht Odette. »Es gibt überall Eingänge in die Katakomben. Man muss nur wissen, wo sie sind.«

»Ach, und du weißt das?«, fragt Claire überrascht.

Odette schüttelt den Kopf. »Nein, weiß ich nicht«, gibt sie zu. »Aber ich hab davon gehört.«

»Das bringt uns jetzt aber auch nicht weiter«, murmelt Claire. Sie durchforstet ihr Hirn nach einer Lösung.

Ein menschenleerer Ort in Paris … Schnell wird ihr klar, dass so etwas schwerer zu finden sein wird als eine Sumpfdotterblume im Hochgebirge. Selbst jetzt, mitten in der Nacht, schwirren überall Leute umher. Auch in den kleinsten Gässchen der Stadt. Auf ihrem Weg zum Trocadéro sind bestimmt schon mehr als zwei Dutzend dieser Nachtschwärmer in Gargolls Bannkreis geraten, ohne dass Claire, Rafael und Odette es hätten verhindern können.

»Also, Kinder, wir können das nicht allein regeln«, jammert Tante Odette. »Ich habe nicht die geringste Ahnung, wohin wir Gargoll bringen können. Ich glaube, wir sollten die Zaubergilde informieren, bevor wirklich noch eine Katastrophe geschieht.«

Offenbar haben Odettes schwache Nerven wieder die Führung übernommen. Dabei hatte Claire zwischendurch beinahe das

Gefühl, ihre Tante würde die umgedrehte Verfolgungsjagd genießen.

Sie wechselt einen Blick mit Rafael. An die Zaubergilde haben die beiden gar nicht gedacht. Obwohl Claire sie doch vorhin sogar erwähnt hat. Und sie findet, dass die Tante gar nicht so unrecht hat. Die Magier der Gilde kennen sich mit dem Chaos bestimmt besser aus als zwei Zauberschüler und eine Tante Odette.

»Gut«, sagt Claire nach einer Weile. »Ich bin einverstanden. »Aber wie machen wir das?«

»Wir rufen natürlich an.« Odette schaut, als habe Claire gerade die dümmste Frage der Welt gestellt. Dabei ist die Frage gar nicht so dumm. Claire besitzt nämlich kein Handy. Die waren im Internat verboten. Und im Café *Chocolat* hat Rafael ihr erzählt, dass ihm sein Handy beim Angeln aus Versehen in die Seine gefallen ist und dass Baltasar sich weigert, für ein neues Geld auszugeben.

Während sie voranschreiten, schaut Claire sich also abwechselnd nach Gargoll und nach einer öffentlichen Telefonzelle um. Doch im Zeitalter der Mobiltelefone ist so etwas schwer zu finden.

Claire bemerkt gar nicht, wie Odette in den Innentaschen ihres Mantels herumwühlt. Dass die Tante ein Handy dabeihaben könnte, hält Claire für sehr unwahrscheinlich. Doch da befördert Odette einen handtellergroßen grünen Plastikfrosch zutage. Sie drückt seitlich auf seinen Kopf, woraufhin der Frosch auseinanderklappt und einen kleinen Monitor mit Tastatur offenbart.

»Ich glaube, ich habe die Nummer gespeichert«, murmelt die Tante. In aller Ruhe tippt sie mit ihrem spilterigen Zeigefinger auf den Tasten herum.

»Zaubererblaskapelle, Zaubererdartverein, nein … Zaubergilde, hier ist es ja!« Sie drückt auf die Wahltaste und hält sich den Frosch ans Ohr.

»Es tutet«, informiert sie Rafael und Claire.

Einen Moment lang gehen sie still nebeneinanderher.

»Hallo, *bonsoir*!«, brüllt die Tante dann plötzlich in das Handy hinein.

»Nicht so laut«, warnt Claire, doch Odette scheint das gar nicht mitzubekommen.

»Hier ist Odette Claudine Aurelie Sophie Delune!«, brüllt sie weiter. »Ich muss dringend jemanden sprechen, der sich mit dem Chaos von 1815 auskennt. Emil Gargoll. Wir haben hier leider einen ganz ähnlichen Fall … Bitte? Ja, ist gut. Ich warte.« Sie hält eine Hand auf den Bauch des Frosches. »Sie verbindet mich weiter«, raunt sie Claire und Rafael zu.

Es dauert einen Augenblick, bis sich auf der anderen Seite der Leitung wieder etwas zu regen scheint. Aber schließlich bellt Odette erneut ein »Ja, hallo?«, und dann schildert sie ihre Lage. Etwas zu ausführlich, wie Claire findet. Dass sie sich gerade die Nägel lackiert hat, als der Giftfrosch auf Gargolls Nase gehopst ist, interessiert die Leute von der Zaubergilde bestimmt nicht wirklich.

Unruhig wendet Claire sich beim Gehen immer wieder um. Schließlich ist es nur eine Frage der Zeit, bis Gargoll wieder das Interesse an ihnen verliert. Doch Odettes Gesprächspartner scheint ihr geduldig zuzuhören. Nachdem die Tante ihren Bericht beendet hat, ist es an ihr, immer wieder »Mhmh« und »So, so« und »Ach ja« zu sagen.

Gargoll legt inzwischen einen kurzen Stopp ein. Wieder nestelt er an seinem Schuh herum.

Claire hält die Tante am Ärmel fest und bedeutet ihr, kurz stehen zu bleiben.

»Gut«, sagt Odette in den Hörer. »So machen wir es. Das ist eine prima Idee. Dann treffen wir uns dort, Madame Legrand. Und falls sich etwas ändert, melde ich mich noch mal … Ja, sehr gut. Bis dahin! *Au revoir!*«

Odette klappt den Frosch mit lautem Klacken zu.

»*Galeries Lafayette*«, sagt sie zu Rafael und Claire.

Rafael versteht nicht, doch auf Claires Lippen tritt ein Lächeln. Das riesige Kaufhaus *Galeries Lafayette* liegt mitten in der Stadt, und um diese Uhrzeit ist es natürlich menschenleer.

»Madame Legrand von der Zaubergilde ist ganz unserer Meinung«, erklärt Odette. »Wir sollen Gargoll in das Kaufhaus locken und dort einsperren. Sie will dann mit einem Kollegen dorthin kommen und übernehmen. Allerdings hat sie gesagt, dass es etwas dauern könnte. Anscheinend ist die Gilde zurzeit ziemlich unterbesetzt. Madame Legrand und ihr Kollege sind gerade im neunzehnten Bezirk unterwegs. Irgendetwas mit einem entlaufenen Drachen …«

Claire schluckt. Der neunzehnte Bezirk ist nicht weit von ihrem Zuhause entfernt. Sie denkt an Gabriel. Der würde vor Angst wahrscheinlich durchdrehen, wenn plötzlich ein Drache in ihrem Garten landet. Doch Claire schiebt den Gedanken schnell wieder fort. Sie könnte gerade sowieso nichts daran ändern, und erst mal muss sie sich jetzt um Gargoll kümmern.

Der hat seinen Schuh inzwischen wieder ordentlich geschnürt und lässt sich über viele Seitengassen zum Kaufhaus lotsen. Zweimal noch müssen Claire und Rafael ihn wieder auf ihre Fährte locken, doch dann rückt das mächtige Gebäude der *Galeries Lafayette* endlich in ihr Blickfeld.

Leider entdeckt Claire eine kleine Menschenansammlung auf dem Bordstein vor dem Kaufhaus, mindestens zwanzig Messieurs und Mesdames. Eine Touristenführung.

Claire hofft, dass sie Gargoll auf der anderen Straßenseite an der Gruppe vorbeilotsen können. Tatsächlich scheint es zuerst auch zu funktionieren. Sie machen einen großen Bogen und überqueren erst auf Höhe des Haupteingangs die Straße.

Claire, Rafael und Odette erreichen die gläserne Tür, und mit ein paar gezupften Tönen von seiner Geige schafft Rafael es, sie zu öffnen.

Doch plötzlich spielt Gargoll nicht mehr mit, was daran liegt, dass zwei Herren aus der Touristengruppe gerade angefangen haben, sich lautstark anzuschreien.

»Das haben Sie jetzt aber nicht wirklich gesagt?!«, keift der eine.

»Und ob ich das habe!«, gibt der andere zurück. »Der Paris FC spielt eine viel bessere Saison als Olympique Nimes, und das nehme ich auch nicht zurück!«

Es geht um Fußball! Das interessiert Claire eigentlich sehr. Der Paris FC ist ihre Lieblingsmannschaft. Doch im Moment wäre es ihr lieber, die Männer würden sich über leckere Muschel- oder Froschschenkelrezepte unterhalten. Dann würden sie sich sicher nicht so aufregen. Die meckernden Messieurs sind ein echtes Problem. Claire spürt schon wieder Panik in sich aufsteigen, als sie ganz unerwartet eine Idee hat.

»Odette!«, ruft sie. »Denk an Antoine! Schnell!«

Odette zuckt zusammen. Fast so, als hätte ihr *Phyllobates terribilis* sie gerade angesprungen. Sie bekommt Augen, so groß und rund wie Pfannkuchen.

»Bitte!«, fleht Claire.

Odette zögert. Man sieht ihr an, dass sie sich gar nicht wohlfühlt.

»Odette, die ganzen Leute!«

Und zum Glück knickt die Tante ein. Sie zieht geräuschvoll Luft durch die Nase ein und pustet sie durch einen runden Karpfenmund wieder hinaus. Ein dunkler Schatten bildet sich über ihrer Nasenwurzel.

Claire weiß, was Odette jetzt durchmachen muss, und es tut ihr von Herzen leid. Doch Antoine ist nun mal das Einzige, was ihr eingefallen ist.

Mit wachsender Erleichterung verfolgt Claire, wie Gargoll sich von den streitenden Fußballfans wieder abwendet und nun unmittelbar auf die *Galeries Lafayette* zusteuert.

Als er nahe genug herangekommen ist, schlüpfen Claire, Odette und Rafael durch die Tür. Sie sausen den hell gefliesten Gang hinunter bis zum ersten Verkaufstresen.

Zwischen jeder Menge Gürtel, Halstücher und bunten Krawatten warten sie auf Gargoll.

19. Kapitel

in dem eintritt, was alle befürchtet haben,
und es trotzdem ganz anders kommt

Im Kaufhaus brennen keine Lichter, schließlich ist längst Laden-
schluss. Trotzdem ist es nicht ganz dunkel, denn das Dach der
Galeries Lafayette bildet eine riesige gläserne Kuppel. Silbriges
Mondlicht scheint hindurch und taucht alles in eine diffuse bläu-
liche Dämmerung.

Claire liebt das *Lafayette*, weil es so prunkvoll und elegant aussieht. Die Kuppel ist mit buntem Glas und Blumenornamenten
verziert, und aus den oberen Etagen blicken stuckverzierte Balkone in die große Warenhaushalle hinab. Es riecht angenehm
nach blumigen Parfüms und teuren Handcremes.

»Also passt auf, ich stelle mir das so vor …«, raunt Claire, und
dann präsentiert sie Rafael und Tante Odette einen Plan. Sie hat
ihn auf dem Weg hierher ausgetüftelt und hält ihn selbst für
ziemlich raffiniert:

Claire will Gargoll nicht einfach nur in das Kaufhaus locken,
um ihn dann dort einzuschließen. Ihr ist eingefallen, dass der
Alte sich viel zu nah an den gläsernen Eingangstüren herum-
drücken könnte. Und vielleicht würde ihn das Glas gar nicht da-

von abhalten, den Passanten auf der Straße die Gefühle aus dem Leib zu saugen. Wer konnte das schon wissen?

»Darüber habe ich noch gar nicht nachgedacht«, sagt Tante Odette bestürzt.

»Wenn Gargoll gleich kommt, locken wir ihn einfach in die alleroberste Etage. Dort ist er schön weit weg von der Straße. Und mit seinem Hinkebein braucht er sicher eine ganze Weile, um wieder runterzukommen. Bis dahin sind die Leute von der Gilde …«

Die große Eingangstür scheppert, und Claire verstummt.

Sie hören schlurfende Schritte, die sich langsam nähern. Vorsichtig zupft Rafael erneut an seiner Geige. Nun kann der Alte ihnen nicht mehr entwischen. Die Tür könnte er nur mit einem passenden Schlüssel oder mithilfe seines schwarzen Onyx wieder öffnen. Natürlich hat er weder das eine noch das andere dabei.

»Am besten, du bleibst hier unten«, flüstert Claire ihrer Tante zu. »Versuch so wenig wie möglich zu denken, damit Gargoll dich nicht bemerkt.«

Odette nickt. Sie ist froh. Der Weg hierher hat sie wahrlich schon genug Kraft gekostet. Da ist es gut, dass sie sich jetzt ein wenig ausruhen kann.

Während der Alte den Gang herunterhumpelt, treten Claire und Rafael hinter dem Verkaufstresen hervor. Odette legt sich eine blau-gelb karierte Krawatte über die Augen und versucht an nichts zu denken.

Leider haben Claire und Rafael überhaupt nicht besprochen, womit sie Gargoll locken wollen. Claire schießt gerade alles Mögliche durch den Kopf. Doch offenbar sind in der menschenleeren

Sphäre des Kaufhauses keine allzu starken Gefühle erforderlich. Gargoll trottet ihnen jedenfalls wie in Trance hinterher.

»Wer ist eigentlich Antoine?«, flüstert Rafael, als sie auf der abgestellten Rolltreppe nach oben stapfen.

»Tante Odettes große Liebe«, sagt Claire. Sie erreichen die erste Etage. Nun müssen sie zuerst die halbe Ebene umrunden, um zur nächsten Rolltreppe zu gelangen.

»Odette hat ihn kennengelernt, als sie achtzehn war. Da waren die beiden noch in der Zaubererausbildung. Sie haben gemeinsam für ihre Prüfungen gebüffelt, und dann ist es passiert …« Claire macht eine bedeutungsvolle Pause. »Odette hat Antoine aus Versehen in einen Frosch verwandelt, der ist weggehüpft, und niemand hat ihn je wiedergesehen.«

»Nein! Ist das dein Ernst?«, sagt Rafael ungläubig.

»Ja, genau so ist es gewesen.« Claire zuckt bedauernd mit den Schultern. »Schlimm, oder? Seitdem sammelt Tante Odette Frösche. Und ich glaube, seitdem hat sie auch ein gebrochenes Herz. Mit der Zauberei war danach auch Schluss. Sie hat noch nicht einmal mehr die Prüfung abgelegt.«

Nach zwei weiteren Rolltreppen erreichen Claire und Rafael schließlich die letzte Etage. Von einem der Balkone aus schauen sie hinunter. Gargoll müht sich auf der zweiten Rolltreppe ab. Mit seinem verletzten Bein wird er wohl noch einige Zeit brauchen, um zu ihnen aufzuschließen.

»Gleich nehmen wir einfach den Fahrstuhl runter, das geht am schnellsten«, sagt Claire. »Dann holen wir Odette ab und … Auweia!« Sie stockt. »Kannst du den Fahrstuhl nachher so verzaubern, dass Gargoll ihn nicht mehr benutzen kann?«

Dass der Alte ebenfalls mit dem Aufzug ins Erdgeschoss fahren könnte, hat Claire bei ihrer genialen Planung übersehen. Zum Glück nickt Rafael zuversichtlich.

»Das müsste gehen«, sagt er. »Ich schließe die Fahrstuhltür ab – mit demselben Zauber wie für die Eingangstür.«

Claire atmet erleichtert auf.

Sie warten noch, bis Gargoll die letzte Rolltreppe betritt, dann machen sie sich auf den Weg zum Fahrstuhl. Es ist ein eleganter alter Aufzug mit einem schmiedeeisernen Gitter davor. Claire drückt auf den Knopf. Das Gitter schiebt sich mit leisem Rattern zur Seite, und sie betreten die mahagonigetäfelte Kabine.

»Einmal ins Erdgeschoss, bitte«, näselt Claire vornehm, und Rafael spielt mit: Er verbeugt sich wie ein Liftboy und drückt auf den untersten Knopf. Ruckartig setzt sich der Fahrstuhl in Bewegung.

Wie versprochen schließt Rafael, im Erdgeschoss angekommen, die Fahrstuhlgitter aller Etagen ab. Claire hält Ausschau nach Gargoll, kann ihn jedoch nirgends entdecken. Sicher treibt er sich irgendwo im obersten Stockwerk herum.

Als Rafael fertig ist, sausen die beiden zum Verkaufstresen mit den Gürteln und Halstüchern zurück. Die Tante sitzt noch immer so da, wie sie sie verlassen haben – mit der Krawatte über den Augen.

»Mein Kopf ist gaaanz leer«, murmelt sie leise vor sich hin. »Ich denke an gaaar nichts.«

Vorsichtig berührt Claire Odette an der Schulter, trotzdem fährt die Tante ordentlich zusammen. So schnell es geht, verlassen die drei das Kaufhaus. Als die riesige gläserne Tür hinter ihnen zufällt, sind sie mehr als erleichtert. Rafael lässt mit seiner Geige das Schloss zuschnappen.

Mittlerweile ist es bereits zwei Uhr in der Nacht. Claire hofft sehr, dass die Leute von der Zaubergilde bald eintreffen. Erschöpft lässt sie sich auf dem Bordstein vor dem Kaufhaus nieder. Rafael und Odette setzen sich daneben.

Um fünf nach zwei holt Tante Odette eine Tüte mit Zitronenbonbons aus ihrer Handtasche hervor und beginnt nervös, den ersten zu lutschen. Natürlich dürfen die Kinder auch zugreifen. Um Viertel nach zwei fängt die Tante an, Kreuzworträtsel auszufüllen, und Rafael und Claire beschließen, gemeinsam die Eingangstüren des Kaufhauses abzugehen, nur um sicher zu sein, dass Gargoll nicht doch inzwischen vor einer davon angekommen ist. Doch ihr Kontrollgang ergibt, dass nichts von ihm zu sehen ist.

Um halb drei trinkt die Tante zur Beruhigung einen Magenbitter, von dem sie Rafael und Claire selbstverständlich nichts abgibt. »Wieso dauert das denn so lange?!«, empört sie sich. »Das ist hier doch wichtiger als irgend so ein entlaufener Drache. Diese Leute von der Gilde sind mehr als seltsam. Man sollte sich mal beschwe… huuuaach!«

Wie ein Grashüpfer springt Tante Odette vom Bordstein auf, und auch Claire und Rafael fahren in die Höhe. Direkt vor ihnen sind gerade wie aus dem Nichts zwei Gestalten aufgetaucht. Eine rothaarige Madame mit einer strengen Pagenfrisur und eng anliegender schwarzer Kleidung und ein Monsieur, der so rundlich aussieht wie ein Apfel. Er hat kleine dunkelbraune Augen und kaut unter seinem Schnauzbart auf einem Zahnstocher herum.

»Madame Delune?«, fragt er Odette mit brummiger Stimme, wobei er höflicherweise seinen Zahnstocher aus dem Mund nimmt. Wegen des Schrecks hält die Tante sich immer noch schnaufend eine Hand vor die Brust.

»Ja … ich bin Odette Delune«, stammelt sie.

Die beiden Gestalten werfen sich einen Blick zu.

»Ein Glück«, sagt die Frau, »sonst hätten wir jetzt auch noch einen Vergessenszauber durchführen müssen.« Sie schaut sich um, doch auf der Straße sind im Moment keine Passanten zu entdecken.

»Ich bin Sophie Legrand, und das ist mein Partner Philippe Moreau. Entschuldigen Sie unseren Auftritt. Eigentlich materialisieren wir nicht auf offener Straße, aber bei uns ist heute Nacht die Hölle los.« Sie schiebt sich die roten Haare hinter die Ohren. »Ist er bereits eingesperrt?«, fragt sie und deutet auf die *Galeries Lafayette*.

Tante Odette nickt. »Die Kinder haben ihn in die oberste Etage gelockt. Das war die Idee meiner Nichte. Sie …«

»Wie heißt der Zauberer denn, und wie lange gehorcht er bereits dem Chaos?«, unterbricht Monsieur Moreau sie. Mit seinen wurstigen Fingern klappt er einen Notizblock auf.

»Er heißt Felistin Gargoll«, sagt Odette etwas verstimmt. »Das habe ich Madame Legrand aber bereits am Telefon gesagt.«

»Mein Kollege braucht das nur fürs Protokoll«, erklärt Sophie Legrand. »Wann genau ist das Chaos denn ausgebrochen?«

»So gegen … dreiundzwanzig Uhr«, sagt Tante Odette langsam. »Zuerst hat mein Frosch ihn angefallen, dann haben wir ihm vom Tod meines Bruders erzählt, und danach hat er ganz schwarze Augen bekommen und ...«

»Sie sagten, es sei das gleiche Chaos wie bei Emil Gargoll im Jahr 1815?«

»Richtig.« Odette nimmt der Madame ihre Unterbrechung offenbar weniger krumm als ihrem Kollegen. Der kritzelt weiterhin kleine unleserliche Zeichen auf seinen Notizblock.

»Und wie viele Gefühle hat Felistin Gargoll in seinem Chaos aufnehmen können?« Madame Legrands Augen werden zu Schlitzen.

»Uns eingerechnet waren vielleicht zwanzig oder dreißig Leute betroffen«, sagt Odette. »Mehr nicht.«

Die rothaarige Magierin neigt sich zu ihrem Partner und flüstert ihm etwas ins Ohr. Claire findet, dass das nicht gerade höflich ist. Wieso dürfen sie, Rafael und Odette nicht hören, was die beiden zu besprechen haben?

Dann holt die Madame ein kleines schwarzes Handy hervor. Sie wählt und hält es an ihr Ohr.

»Legrand hier. Wir brauchen eine Straßensperre. Um die ganze *Galeries Lafayette*. Und pronto, bitte! Wir wollen gleich anfangen.« Sie legt auf und nickt Monsieur Moreau zu, der daraufhin mit schweren Schritten auf das Kaufhaus zuschreitet.

»Was macht er denn?«, fragt Claire. »Holt er Gargoll jetzt wieder raus?«

»Nein.« Sophie Legrand schüttelt den Kopf, wobei kein einziges ihrer exakt geschnittenen Haare aus der Form gerät. »Er versiegelt das Gebäude. Wir gehen davon aus, dass die Gefühle, die Felistin Gargoll aufgesogen hat, sich bald entladen werden.«

Claire beobachtet, wie Monsieur Moreau sich noch einmal vorsichtig umschaut und dann eine Wasserflasche aus seinem Mantel hervorzieht. Direkt vor der Tür des Kaufhauses öffnet er sie und dreht sie zu Claires Erstaunen auf den Kopf. Wider Erwarten ergießt sich die Flüssigkeit aus der Flasche nicht auf seine Füße. Sie bleibt in Bauchnabelhöhe als ein einziger riesiger Tropfen mitten in der Luft hängen. Der Monsieur holt aus. Genau in dem Moment, in dem seine Hand kräftig nach vorn schnellt, rast auch der Tropfen los. Er trifft auf die gläserne Eingangstür, zerplatzt dort aber nicht, sondern gefriert auf der Stelle zu Eis. Glitzernde Kristalle breiten sich aus, wandern schnell über die gesamte Scheibe und springen auf den Stein des Gebäudes über. An den Stellen, an denen das Eis schon länger haftet, wird es dicker und dicker. Die Eingangstür ist bereits wie von einer Schicht trüben Panzerglases überzogen.

Elementezauber, denkt Claire. Sie hat von dieser Art Magie bereits gehört. Gesehen hat sie so etwas jedoch noch nie.

»Was machen Sie denn da?« Hinter Madame Legrand ist plötzlich ein Mann aufgetaucht. Neugierig deutet er auf die dicke Eisschicht vor der Tür der *Galeries Lafayette.*

»Nichts Besonderes«, sagt Madame Legrand kühl. »Entfernen Sie sich bitte, die Straße ist gesperrt.«

»Drehen Sie einen Film?«, fragt der Mann unbeirrt weiter.

»Philippe, kommst du bitte mal?«, ruft Madame Legrand nach Monsieur Moreau.

Nachdem der Elementemagier einen Blick auf seine Kollegin und auf den Mann hinter ihr geworfen hat, greift er erneut in eine seiner ausgebeulten Manteltaschen. Als er die Hand wieder herauszieht, liegt etwas Sand auf seiner Handfläche. Mit geblähten Backen pustet er das Häufchen in die Richtung des Monsieurs.

»He!«, ruft der empört und reibt sich die Augen. Doch schon im nächsten Augenblick bekommt sein Gesicht einen etwas dümmlichen Ausdruck. Betäubt wankt er die Straße hinunter. Offenbar hat er vergessen, was er eigentlich wollte.

Madame Legrand sieht ihm nach.

»Ich hoffe, das war der Letzte. Die im Büro sind mit Straßensperren manchmal etwas langsam«, sagt sie grimmig.

Still verfolgt Claire, wie das Gebäude vor ihr mehr und mehr unter der silbrig glänzenden Eisschicht verschwindet.

»Das Eis soll verhindern, dass alle Gefühle nach der Entladung in die Atmosphäre gelangen, richtig?«, fragt sie. Sie ist sich nicht sicher, ob sie den Plan der Zaubergilde bereits ganz durchschaut.

»So ist es«, entgegnet Madame Legrand. »Es ist eine Sicherheitsmaßnahme. Wegen der Explosion.«

»Explosion?« Rafaels Augenlider beginnen hektisch zu flattern.

»Bei Emil Gargoll gab es damals eine Explosion«, sagt Madame Legrand. »Hier wird es möglicherweise ähnlich sein.« Sie sieht nicht so aus, als habe sie große Lust, den Kindern weitere Fragen zu beantworten, doch das ist Claire im Moment egal.

»Heißt das, Gargoll ist in Gefahr?«, fragt sie. »Ich meine, so eine Explosion …« Sie redet nicht weiter, sondern sieht die Magierin nur an.

Monsieur Moreau beginnt leise zu lachen. »Ja, was denkt ihr

denn?«, fragt er mit seiner Reibeisenstimme. »Wenn es wirklich eine Explosion gibt, wird von dem da drinnen nicht viel übrig bleiben.«

»Philippe!«, zischt Sophie Legrand, doch Monsieur Moreau zuckt nur gleichgültig mit den Schultern.

»Emil Gargoll hat es damals jedenfalls nicht geschafft«, brummt er.

Schnell wendet sich Madame Legrand an Tante Odette: »Ich glaube, es ist besser, Sie bringen die Kinder jetzt nach Hause. Wir kümmern uns hier schon um den Rest.« Energisch schiebt sie die drei ein Stück den Bordstein hinunter und reicht der Tante zum Abschied die Hand. »Danke, dass Sie uns informiert haben, und einen schönen Abend noch.« Sie dreht sich auf dem Absatz um und marschiert zu ihrem Kollegen zurück.

Claire geht noch einige Meter weiter, bis die Erkenntnis sie plötzlich wie ein Schlag trifft und sie abrupt stehen bleibt.

»Heißt das, die wollen Gargoll da drinnen sterben lassen?«

Tante Odette wird ganz weiß im Gesicht. »Felistin«, haucht sie tonlos, und Claire wundert sich, wie vertraut die Tante den Namen ausspricht.

»Wir müssen ihn da wieder rausholen, und zwar schnell!«, sagt Claire bestimmt. Schon macht sie kehrt, Rafael bekommt gerade noch ihren Jackenärmel zu fassen.

»Warte«, flüstert er. »Wir kommen an den beiden da doch gar nicht vorbei.« Er nickt in die Richtung von Madame Legrand und Monsieur Moreau, die seelenruhig dabei zusehen, wie das Eis langsam, aber stetig das Gebäude verschluckt.

»Wir können Gargoll aber auch nicht einfach explodieren lassen«, gibt Claire zurück. Sie schüttelt Rafaels Hand ab und läuft los, schnurstracks an den Zauberern der Gilde vorbei.

»He, wo willst du hin?«, ruft Madame Legrand hinter ihr her.

Die ersten beiden Eingänge, die Claire passiert, sind bereits zugefroren. Sie eilt weiter. Den dritten hat das Eis tatsächlich noch nicht erreicht. Claire zieht am Knauf, doch natürlich lässt die Tür sich nicht einfach öffnen. Dazu braucht es Rafael und seine Geige.

Claire wendet sich um. Da kommt er. Rafael rast geradewegs auf sie zu, mit Tante Odette im Schlepptau, die plötzlich viel schneller läuft als noch vor ein paar Stunden auf ihrer Wanderung durch die Stadt. Leider sind ihr Madame Legrand und Monsieur Moreau dicht auf den Fersen.

»Bleibt stehen!«, brüllt Sophie Legrand.

Während Rafael weiterrennt, zieht er seine Geige vor die Brust. Ohne hinzusehen zupft er ein paar Saiten, und das Nächste, was Claire sieht, sind Madame Legrand und Monsieur Moreau, die lang auf der Straße hinschlagen.

Ein weiterer Ton erklingt.

»Mach auf!«, brüllt Rafael.

Claire reißt am Knauf, die Tür öffnet sich, und gemeinsam jagen sie in das Kaufhaus hinein.

20. Kapitel

in dem Tante Odette über ihren Schatten springt

Claire und Rafael laufen den Gang hinunter bis unter die Glaskuppel des *Lafayette*. »Siehst du ihn?«, fragt Claire atemlos. Mit den Augen sucht sie die Galerien ab – und erstarrt: Da steht Gargoll! Auf einem der stuckverzierten Balkone, die von der obersten Etage aus in die Kaufhaushalle blicken. Ein geisterhaftes weißes Licht umspielt den Alten. Er wirkt vollkommen entrückt.

Claire sieht ihre Tante an, die stumm neben ihr steht und mit geweiteten Augen zu Gargoll hinaufstarrt. In diesem Moment scheppert es an der Eingangstür. Madame Legrand und Monsieur Moreau haben die Tür erreicht und rütteln von außen am Griff. Zum Glück hat Rafael an den Verschließungszauber gedacht. Doch als Claire die beiden Magier durch die Glasscheibe beobachtet, wird ihr plötzlich klar, dass sie sicher in der Lage sind, den Zauber wieder zu lösen.

»Rafael!«, zischt sie. »Schnell, wir müssen die Tür verbarrikadieren. Das Schloss wird die beiden nicht lange aufhalten.« Claire will bereits losstürzen, um völlig kopflos ein riesiges Werbeschild aus Pappe vor die Tür zu schieben, doch Rafael hält sie zurück.

»Warte, das muss anders gehen.« Hektisch dreht er seine Geige hin und her.

»Wie denn?« Durch die Glasscheibe hindurch erkennt Claire, wie Monsieur Moreau in seinen Mantel greift. »Mach schon!«, drängt sie Rafael, der schweißnasse Hände hat. Hilfe suchend sieht er sich um, und da fällt sein Blick auf den Verkaufstisch mit den bunten Krawatten. Ihm kommt tatsächlich eine Idee. Er schließt die Augen und beginnt eine schnelle Abfolge von Tönen auf seiner Geige zu zupfen. Claire beobachtet staunend, wie eine Krawatte nach der anderen sich vom Tisch erhebt und auf die Eingangstür zuschwebt. Mindestens 20 Krawatten flattern durch die Luft. Ihre Enden verknoten sich, sodass ein langes Seil entsteht. Vor der Eingangstür angekommen, beginnt es, sich um die beiden Türgriffe zu winden. Wie bei einer Acht geht es in Schleifen immer hin und her, bis am Ende das Seil aufgebraucht und ein Knoten, so dick wie ein Turban, entstanden ist.

Der letzte Ton verklingt. Die Zauberer vor der Tür haben das Spektakel ebenso erstaunt wie verärgert beobachtet. Sie rütteln erneut an der Tür. Doch die öffnet sich keinen Zentimeter weit.

Rafael atmet erleichtert aus. »Das wird sie hoffentlich eine Weile aufhalten.«

»Gut gemacht!«, sagt Claire.

Tante Odette hat den Krawattenzauber ebenfalls mit angesehen, doch nun dreht sie ihr bleiches Gesicht wieder in Richtung Decke und stößt augenblicklich einen Schreckensschrei aus. Mit dem Zeigefinger deutet sie in die Höhe.

Da steht Gargoll. Immer noch auf dem Balkon. Aber nicht mehr hinter, sondern auf der Brüstung. Sein Mund ist halb geöffnet, und er bläst einen nebligen Dunst in die Luft. Es sieht beinahe so aus, als würde er Pfeife rauchen. Doch da ist natürlich keine Pfeife, und die Schwade, die Gargoll ausbläst, scheint auch kein gewöhnlicher Rauch zu sein. Denn anstatt sich mit der Zeit in einzelne Schlieren zu verlieren und schließlich aufzulösen, verdichtet sich der Dunst zu einem wolkigen Bild. Das flüchtige Porträt eines jungen Mannes.

»Was ist das?«, fragt Rafael.

Claire schluckt. »Antoine«, sagt sie leise. »Ich kenne ihn von einem Foto.« Unwillkürlich greift sie nach Tante Odettes Hand, die sich schrecklich kalt anfühlt.

Da öffnet Gargoll erneut seinen Mund. Er entlässt eine zweite Rauchwolke.

»Das muss die Entladung sein«, flüstert Claire. »Sie hat begonnen.« Ihr läuft es kalt den Rücken hinunter. Es war wirklich eine saublöde Idee gewesen, einfach ohne Plan in das Kaufhaus zu stürmen! Claire hat nicht den geringsten Schimmer, wie sie den alten Zauberer heil wieder hier herausbekommen soll. Ganz abgesehen davon, dass jetzt auch Tante Odette, Rafael und sie hier eingesperrt sind. Am liebsten würde Claire sich ohrfeigen, weil sie die beiden in solche Gefahr gebracht hat. Wer weiß, was passieren wird, wenn sich alle Gefühle bei Gargoll entladen haben.

Immer noch spürt Claire die Hand von Odette und blickt ihre Tante Hilfe suchend an. Doch die scheint gar nicht richtig anwesend zu sein. Sie wirkt ähnlich entrückt wie Gargoll.

»Wir müssen hier raus«, bringt Rafael die Lage auf den Punkt. Er sprintet auf eine Eingangstür zu, doch draußen ist das Eis mittlerweile zentimeterdick herangewachsen. Die beiden Magier

der Gilde scheinen sich zurückgezogen zu haben. Rafael kann ihre Schemen jedenfalls nicht mehr erkennen. Er läuft noch zu zwei weiteren Türen, doch auch diese lassen sich nicht öffnen.

»Das Eis«, keucht er, als er unter der Kuppel des *Lafayette* wieder mit Claire zusammenkommt. »Es ist zu dick. Wir kommen hier nicht mehr raus.«

»Können wir es nicht irgendwie schmelzen?«, fragt Claire verzweifelt, doch Rafael schüttelt den Kopf.

»Wie soll das von innen gehen? Da müsstest du es hier schon backofenwarm werden lassen, und ich hab keine Lust, geschmort zu werden wie ein Weihnachtsbraten.«

Das sieht Claire ein. »Verdammt!«, flucht sie. »Und jetzt?«

Rafael antwortet nicht. Stattdessen zeigt er nach oben. Neben Antoines Gestalt schwebt inzwischen auch eine geisterhafte Katze durch die Luft, und gerade schälen sich aus einer neuen Schwade die Umrisse eines Geigers heraus. Mit traurigem Gesicht fiedelt er auf seiner Geige.

Gebannt schauen Rafael und Claire auf die Bilder über ihren Köpfen. Gargoll entlässt die Rauchwolken jetzt in immer schneller werdender Folge. Abbilder von Menschen erscheinen, die Claire noch nie gesehen hat. Aber dann ist da plötzlich auch ein Rafael mit schmerzverzerrtem Gesicht und Claires Mutter mit ihrem warmen Lächeln, an das Claire sich noch so gut erinnern kann.

»Das ist wunderschön!«, flüstert Rafael. Andächtig steht er neben Claire und hat die Bedrohung offenbar ganz vergessen.

»Das sind unsere Gedanken«, raunt Claire zurück. »Unsere Gefühle, die Gargoll eingesogen hat.«

Sie wendet sich an Tante Odette: »Es sieht gar nicht nach einer

Explosion aus, findest du nicht? Vielleicht passiert ja doch gar nichts Schlimmes. Vielleicht waren es bei Emil Gargoll einfach nur zu viele Gefühle.« Claire hofft, Odette mit dem Gerede aus ihrer Benommenheit lösen zu können, aber die Tante bleibt stumm.

Inzwischen sind fast fünfzig der nebelhaften Gestalten in den Raum gestiegen. Sie umwölken die Verkaufstresen und die Balustraden der Balkone.

Wieder stößt Gargoll eine Wolke aus, doch diesmal löst sich danach die Starre, die seinen Körper in den letzten Minuten aufrecht gehalten hat. Ein Zittern durchfährt den Alten, und er sinkt nach vorn.

»Er fällt!«, kreischt Claire.

In diesem Moment kippt Gargoll auch schon von der Brüstung. Claire spürt einen Windhauch an ihrem Ohr. Tante Odette hat ihren Mantel zur Seite gerissen und den Pinsel herausgezogen. Mit hastigen Bewegungen wischt sie damit durch die Luft. Aus den Augenwinkeln nimmt Claire wahr, dass Gargolls Fall gebremst wird. Wie in Zeitlupe sinkt er nun dem Erdgeschoss entgegen. Gleichzeitig rast ein Verkaufstisch an Claire vorbei. Er stoppt direkt unter Gargoll, und schon landet sein schwerer Körper mit einem dumpfen Knall mitten in einem Berg Socken. Leider haben Claire, Odette und Rafael keine Zeit, nach ihm zu sehen, denn plötzlich erfüllt ein Brausen die Luft. Begleitet von einem ohrenbetäubenden Lärm rauschen Gargolls Wolkenbildnisse unter der Kuppel des Kaufhauses zusammen.

»In Deckung!«, schreit Rafael. Er zieht Claire auf den Boden neben einen der Stände. Das Gesicht nach unten, die Hände schützend über dem Kopf, machen sie sich ganz klein. Ängstlich lauschen sie dem Brausen, das bald wieder verebbt. Eine unheilvolle Stille folgt, und dann die lange befürchtete Explosion: ein bombastischer Knall.

Eine gewaltige Druckwelle schießt durch den Raum, zerfetzt Werbeschilder, zerschlägt Kronleuchter und die Glasfronten der Schautische. Mit markerschütterndem Klirren zerbirst die riesige Glaskuppel der *Galeries Lafayette*. Wie ein Wolkenbruch regnen Scherben herab, prasseln minutenlang schrill auf die Tresen und den Fliesenboden.

Als das schreckliche Spektakel endlich vorbei ist, lässt Claire ihre Arme sinken. Neben ihr regt sich Rafael. Erschrocken bemerkt Claire, dass er blutet, aus einem tiefen Schnitt am Ellenbogen. Schnell wühlt sie ein Taschentuch aus ihrer Jacke hervor und presst es auf Rafaels Wunde.

»Felistin?«, hören sie da Tante Odette rufen, die sich einen Weg durch die Scherben bahnt. »Felistin!«

Claire und Rafael sehen zu dem Verkaufstisch mit den Socken hinüber. Gargoll sieht verletzt aus. An Armen und Beinen blutet er aus mehreren Schnittwunden.

Jetzt hat Odette ihn erreicht. »Felistin.« Sie streicht vorsichtig über seine blassen Wangen. Und als hätte er nur auf diese Berührung gewartet, schlägt der Alte die Augen auf.

»Ich will nicht sterben«, krächzt er. »Ich will nicht sterben wie Emil.«

»Armer schwarzer Kater«, sagt Odette sanft. »Du wirst nicht sterben. Jetzt ist alles gut.«

Gargoll starrt sie mit großen Augen an.

»Du bist das?«, flüstert er. »Wo warst du? Ich hab dich gesucht …«

»Nicht reden«, haucht Odette. »Jetzt hast du mich gefunden.«

Die Explosion hat nicht nur die Kuppel der *Galeries Lafayette* gesprengt, sondern auch zwei der Eingangstüren – samt ihres Eismantels. Nun ist der Weg frei, und tatsächlich arbeiten sich bereits Madame Legrand und Monsieur Moreau durch die zahlreichen Trümmerhaufen.

»Hallo?«, rufen sie schon von Weitem. »Ist jemand verletzt?«

Als sie die vier unter der zerborstenen Kuppel erreichen, scheinen sie zunächst erleichtert, alle lebend vorzufinden. Doch kaum ist der erste Schreck verflogen, verdüstert sich das Gesicht von Madame Legrand. »Das wird ein Nachspiel haben!«, faucht sie. »Ich werde das der Gilde melden müssen. So ein unverantwortliches Handeln können wir nicht dulden.«

Tante Odette lässt sich von Madame Legrands Drohungen nicht beeindrucken. »Unser *unverantwortliches* Handeln, wie Sie es nennen, hat verhindert, dass dieser Mann gestorben ist«, entgegnet sie mit einem Blick auf Gargoll. »Sie hatten ihn schon aufgegeben und haben seinen Tod billigend in Kauf genommen. Nur der Mut dieser Kinder hat ihm das Leben gerettet.« Claire bemerkt, dass ihre Tante vor Wut ein wenig zittert.

»Nein, *du* hast ihm das Leben gerettet«, flüstert sie Odette zu und streicht ihr dabei liebevoll über den Arm. Nie hätte sie gedacht, dass die Tante ihre Angst überwinden und wieder zaubern würde. Aber heute Nacht und genau im richtigen Moment hat sie es geschafft!

Monsieur Moreau räuspert sich. »Monsieur Gargoll muss zu einem Arzt, und zwar schnell«, sagt er. Wir nehmen ihn mit zur Gilde. Dort haben wir Spezialisten für solche Fälle.«

Ganz sacht haucht der Elementemagier über seine Fingerkuppen und schon ergreift ein Luftwirbel den alten Gargoll. Behutsam hebt der Wirbel ihn an, sodass er schließlich wie auf einer unsichtbaren Krankenbahre in der Luft schwebt. Den Alten so im Schlepptau, verabschieden sich die Gilde-Magier von Claire, Odette und Rafael, wobei das »Auf Wiedersehen« ebenso knapp wie frostig klingt. Mit eiserner Miene gibt Madame Legrand den drei Zurückbleibenden den Befehl, in den *Galeries Lafayette* aufzuräumen. Monsieur Moreau und sie erwarte ein Haufen Papierkram und außerdem bereits ein neuer Auftrag im sechzehnten Bezirk.

»Sehen Sie zu, dass sie keine Spuren hinterlassen«, mahnt sie unfreundlich.

Claire blickt sich in dem Chaos um. Als sie wieder allein sind, fragt sie ratlos: »Und wie machen wir das?«

»Jetzt bräuchten wir wohl ein Zauberbuch«, meint Rafael.

Die beiden wenden sich an Odette, die Gargoll hinterherschaut und dabei gedankenversunken ihren Pinsel in den Händen dreht.

»Könntest du nicht …?«, setzt Claire an.

»Nein«, sagt Odette sofort. »Nein, nein! Ich weiß wirklich nicht …«

»Du schaffst das«, ermutigt Claire die Tante. »Du hast Gargoll vor dem Sturz gerettet, dann wirst du das hier auch hinbekommen.«

Eine ganze Weile noch starrt Odette ihren Pinsel an, bevor sie tatsächlich beginnt. Wegen der schrecklichen Geschichte mit Antoine hat sie den Pinsel über vierzig Jahre lang nicht benutzt. Und eigentlich hatte sie sich geschworen, ihn auch nie wieder in die Hand zu nehmen. Doch der gelungene Auffangzauber für Gargoll hat ihr Mut gemacht und Selbstvertrauen zurückgegeben. Zwar kommt es zu einigen Patzern, doch am Ende sieht es im *Lafayette* fast wieder so aus wie zuvor. Und mit zunehmendem Erfolg entwickelt die Tante sogar wieder ein wenig Spaß an der Zauberei. Sie nimmt einige klitzekleine Änderungen vor: Hier und da glupschen jetzt kleine Frösche aus den Stuckverzierungen der Galerien hervor. Ob sie den Besuchern wohl auffallen werden?

Claire und Rafael schauen Odette begeistert zu. Claire ist beinahe ein wenig neidisch. Für sie sieht es so aus, als müsse Odette nur locker mit ihrem Pinsel durch die Luft wedeln, und schon vollzieht sich ihre Magie. Ein bisschen komplizierter ist es aber schon. Wie jeder Zauberer muss die Tante sich gründlich konzentrieren. Kein Wunder, dass sie nach getaner Arbeit müde wie ein Postpferd ist. Und nicht nur sie: Zurück in der Rue Marrant Nummer 22 fallen alle drei erschöpft ins Bett. Odette und Claire in ihr eigenes und Rafael in das von Aristide. Hier holen sie eine ordentliche Portion Schlaf nach.

Claire wird erst am späten Vormittag wieder wach. Sie zieht sich an und weckt Rafael. Der ist immer noch schrecklich müde und hätte ohne Claire bestimmt den ganzen Tag verschlafen. Doch das geht nicht, denn die beiden müssen heute noch allerhand erledigen: Zunächst erzählt Claire Gabriel und den Vorfahren in der

Mauer von den Geschehnissen der letzten Nacht. Und dann wartet auch schon der nächste Zauber!

Ganze fünfundzwanzig Zutaten müssen Claire und Rafael dafür zusammensuchen. Zum Glück ist diesmal alles vorrätig.

Als genau vierundzwanzig gefüllte Reagenzgläser in der Halterung neben dem Mondstein bereitstehen, eilt Claire hinaus in den Garten.

Diesmal erscheint Aristide ganz allein in der Mauer.

»Erledigt«, vermeldet Claire und klatscht in die Hände. »Jetzt fehlt nur noch die letzte Zutat.«

Aristide blickt traurig zur Seite. Damit hat Claire gerechnet.

»Du musst es nicht hergeben, wenn du nicht willst«, sagt sie. »Wir finden bestimmt eine andere Lösung.«

»Nein.« Aristide schüttelt den Kopf. »Ich gebe es dir gern. Ich könnte mir keinen schöneren Platz dafür vorstellen.«

»Wo ist es denn?«, fragt Claire.

»Unter meinem Bett. In einem kleinen roten Samtkästchen.«

Claire lächelt. Sie wendet sich um, und als sie schon fast bei der Terrassentür angelangt ist, ruft Aristide: »Aber sei vorsichtig! Öffne den Verschluss erst am Stein. Sonst entwischt es dir noch.«

Claire verspricht ihm feierlich, mit der letzten Zutat achtsam umzugehen. Im Haus schlüpft sie in Aristides Schlafzimmer und zieht das Kästchen unter dem Bett hervor. Vorsichtig trägt sie es in die Zauberkammer, wo Rafael schon auf sie wartet.

»Hast du es?«, fragt er aufgeregt.

Claire nickt. »Wir können anfangen.«

Mit höchster Konzentration machen Claire und Rafael sich ans Werk. Claire gießt eine Zutat nach der anderen über den Mondstein. So lange, bis nur noch das glänzende Kästchen übrig bleibt. Claire nimmt es fest in die Hand. Schnell drückt sie noch einen Kuss auf den roten Deckel, dann hält sie das Kästchen direkt vor den Mondstein und öffnet den Verschluss.

Eine Weile geschieht nichts, sodass Claire schon denkt, sie hätte einen Fehler gemacht. Doch dann zieht ein warmer Lufthauch aus dem Kästchen hervor. Neugierig weht er durch den Raum, umrundet Claire und kitzelt sie an der Nasenspitze. Und dann, für einen kurzen Augenblick, sieht Claire erneut das Gesicht ihrer Mutter vor sich: die braunen Augen, das dunkle Haar, ihr warmes, freundliches Lächeln.

Kaum ist das Bild deutlich geworden, verschwindet es schon wieder. Der Wind legt sich sanft auf den Mondstein, und kurze Zeit darauf leuchtet bereits das blaue Licht auf. Mit seinem strahlenden Glanz besiegelt es den Zauber.

Claire dreht sich gespannt zu dem Bildnis der *Mona Lisa* um. Es hängt noch immer zwischen Großtante Chloë und Onkel Alfons, doch endlich ist der hässliche Schmollmund verschwunden!

Ihr Lächeln ist so geheimnisvoll wie immer. Der kleine Unterschied fällt gar nicht auf. Nur Claire erkennt es – das Lächeln ihrer Mutter. Und sie findet, ihr Vater hat recht: Es könnte keinen schöneren Platz dafür geben.

»Hier, für dich.« Claire zieht eine Flasche Limonade aus ihrem Rucksack. Gemeinsam mit Rafael hockt sie auf den Steinstufen vor der Kirche *Sacré-Cœur*. Die Treppe ist so voll, dass sie kaum noch jemand benutzen kann. Es ist später Nachmittag, und unter einem rosafarbenen Himmel genießen jede Menge Leute den

Ausblick auf Paris. Auch Claire lässt ihren Blick über die Stadt schweifen.

Es dauert eine Weile, bis sie den *Louvre* entdeckt. Die Aufregung der letzten Tage sieht man dem Gemäuer gar nicht an. Zumindest von hier oben nicht.

Rafael wedelt mit der Zeitung neben Claires Ohr herum. »Wollen wir den Artikel noch mal anschauen?«

»Klar, wir haben ihn schließlich erst sechs Mal gelesen.« Claire grinst.

Sie breiten die Zeitung auf ihren Knien aus. Blättern brauchen sie nicht. Der Artikel über die *Mona Lisa* prangt in dicken Buchstaben auf der ersten Seite.

MONA LISA
ZURÜCK IM LOUVRE

steht dort, und daneben ist eine Fotografie von dem Gemälde abgedruckt.

»Das neue Lächeln kann man auf dem Bild gar nicht richtig sehen«, beschwert sich Rafael.

»Stimmt, die *Mona Lisa* ist viel zu weit hinten. Dafür sieht man das Lächeln vom Museumsdirektor. Der steht ganz vorn. Man kann sogar die Plombe in seinem Backenzahn erkennen.«

»Wenn der wüsste, was in der Zwischenzeit alles mit dem Bild passiert ist, würde er bestimmt nicht lachen«, meint Rafael.

»Wieso? Das ist doch jetzt auch egal«, sagt Claire.

Sie beginnt vorzulesen:

MONA LISA
ZURÜCK IM LOUVRE

Endlich haben die Pariser ihr berühmtestes
Gemälde wieder. Auf geheimnisvolle Weise
kehrte die *Mona Lisa* heute Nacht ins
Museum Louvre zurück. Erneut gibt es
weder Einbruchsspuren noch andere
Hinweise auf einen möglichen Täter.

»Wir können uns das nicht erklären«, sagt
Monsieur Dumont, der Museumsdirektor.
Er verspricht, die Sicherheitslücken im
Museum schnell zu schließen. Dafür
verlangt er allerdings eine größere Geld-
summe von der Stadt.

Doch bevor nun begonnen wird, über
Finanzen zu diskutieren, sollten wir uns
zunächst darüber freuen, dass die
Angelegenheit ein so zufriedenstellendes
Ende gefunden hat.

»Ich freue mich vor allem darüber, dass niemand den kleinen
Unterschied bemerkt«, frohlockt Claire.

Rafael nimmt einen Schluck aus seiner Limonadenflasche.

»Haben Madame Legrand und Monsieur Moreau sich eigentlich schon bei euch gemeldet?«

»Mensch, das wollte ich dir die ganze Zeit schon erzählen«, sagt
Claire. »Monsieur Moreau hat heute Morgen angerufen. Die

Zaubergilde hat jetzt Messungen vorgenommen. Er meinte, wir müssten uns keine Sorgen mehr machen. Es waren ja nur wenige Gefühle, die Gargoll eingeatmet hat. Und die haben in der Atmosphäre wohl nichts angerichtet.«

»Puh!«, macht Rafael. »Zum Glück!« Der Gedanke an ein Jahr ohne Sommer hat ihm tatsächlich einige schlaflose Nächte bereitet. »Ich meinte aber eigentlich, ob sie ihre Drohung wahrgemacht haben. Madame Legrand hat doch angekündigt, dass es noch Ärger mit der Gilde geben wird.«

»Ach so. Nein, dazu haben sie nichts mehr gesagt. Aber ich glaube, dann würde Tante Odette ihnen auch die Hölle heißmachen. Die sollen lieber froh sein, dass Gargoll noch lebt.«

Schweigend nippen sie an ihrer Limonade. Von ihrer Zitronenlimo wird Claires Zunge fast so gelb wie der *Phyllobates terribiles*. Rafael hingegen hat Kirschlimonade erwischt. Davon bekommt er dunkelrote Lippen und erinnert Claire an eine Operndiva.

Die beiden beginnen, sich gegenseitig die bunten Zungen herauszustrecken, und schneiden Grimassen dazu.

»Ich hab mir übrigens etwas überlegt«, sagt Rafael plötzlich.

»Ach ja? Was denn?« Claire stülpt ihre Lippen ganz nach außen, um Rafaels dicken Kirschmund nachzuahmen.

»Ich gehe nach den Sommerferien doch wieder zur Schule.«

»Was?« Claires Entenschnute verwandelt sich in ein Lächeln. »Das ist ja toll! Dann sehen wir uns ganz oft und kommen vielleicht sogar in dieselbe Klasse. Aber wieso hast du dich umentschieden?«

»Na ja …«, druckst Rafael herum. »Vielleicht … finde ich es

wichtig, noch etwas anderes zu lernen als Zaubern und Geige-spielen.«

Claire freut sich. Sie wird das Gefühl nicht los, dass Rafaels Entschluss auch mit ihr zu tun hat. Und das gefällt ihr. Inzwischen sind die beiden richtig gute Freunde geworden. Schließlich haben sie sich sogar gegenseitig das Leben gerettet: Rafael, indem er Claire im allerletzten Moment aus dem Gemälde herausgezaubert hat. Und Claire hat es geschafft, Rafael nur mit der Kraft ihres Willens in Gargolls Mühle unsichtbar zu zaubern. Dabei ahnt sie selbst nicht einmal, dass sie es war.

»Hast du deinen Vater schon gefragt, ob er zu uns in den Garten kommen möchte?«, fragt Claire.

Rafael schüttelt den Kopf. »Er schmollt noch, weil ich ihn in den Kühlschrank gesperrt habe«, erklärt er. »Ich überlege, ob ich ihm einfach erzähle, dass ich von der Sache mit seinem und Aristides Tod weiß. Vielleicht lässt er ja dann wieder mit sich reden.«

»Lass es lieber«, warnt Claire. »Ich will nicht, dass meine Tante Ärger bekommt.«

Claire hat noch immer ein schlechtes Gewissen, weil sie Odette mit einem Trick dazu gebracht hat, ihr die Wahrheit zu sagen. Natürlich wusste Claire bereits, dass mit diesem gemeinsamen Todesdatum der Väter etwas oberfaul war. Doch die ganze grausige Geschichte hat sie dann doch sehr erschreckt, so sehr, dass sie unbedingt Rafael einweihen musste. Danach haben die beiden einen Pakt geschlossen: Sie würden ihre Freundschaft nie so aufs Spiel setzen, wie ihre Väter es getan haben. Und einen Plan haben sie auch entwickelt: Sie wollen Baltasar und Aristide unbedingt wieder zusammenbringen, egal wie viel Zeit und Überredungskunst es kosten mag.

Claire streckt die Beine aus. Sie schaut auf den Park von *Sacré-Cœur* hinab. Ein paar rundliche Messieurs spielen Boule, ein Jongleur wirft mit glitzernden Ringen, und auf einer Parkbank entdeckt Claire plötzlich Odette und den alten Gargoll.

Wenn sie sich nicht täuscht, hat der Alte gerade nach Odettes Hand gegriffen und sie ganz sanft geküsst.

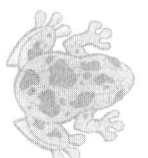
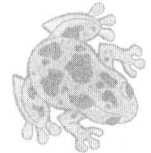

Christina Wolff studierte Germanistik, Geschichte und Soziologie, bevor sie Grundschullehrerin wurde. Schon als Kind schrieb sie gerne Geschichten, und 2018 bekam sie das Stipendium für Kinder- und Jugendbuchautoren der Niedersächsischen Literaturkommission. »Die Magier von Paris« ist ihr Kinderbuchdebüt. Mit ihrem Mann und ihrer Tochter lebt sie in Hannover.

Max Meinzold, geboren 1987, ist freischaffender Grafikdesigner und Illustrator. Seine Schwerpunkte liegen in den Bereichen Science-Fiction, Fantasy und der Kinder- und Jugendliteratur. Für seine moderne, innovative Buchgestaltung wurde er bereits für zahlreiche Preise nominiert. Er lebt und arbeitet in München.

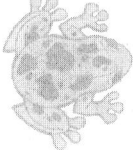

Komplett unverdächtig

Jonas und Fabian leben bei ihrer Tante Erdmute.
Und die macht ihrem Namen alle Ehre. Denn Mut
braucht man auf jeden Fall, wenn man eine Bank über-
fällt. Nach einer rasanten Flucht taucht Tante Erdmute mit den beiden Jungs in einem kleinen Waldhotel
unter. Dort wohnen merkwürdige Gäste! Und als dann
noch Herrn Hartenbeins wertvolles Briefmarkenalbum
gestohlen wird, steht bald die Polizei vor der Tür.
Ob die drei jetzt in der Falle sitzen?

ANDREA SCHOMBURG
Die besten Tantenretter der Welt
ISBN 978-3-7478-0007-2

www.hummelburg.de

HUMMEL
BURG